江苏人民出版社

宇文正 著

A Canon of Taipei

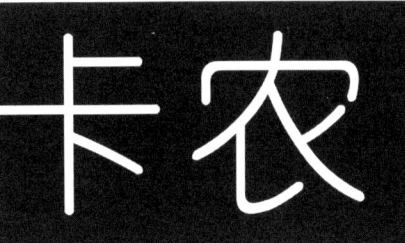

台北卡农

南京评论
Nanjing Review

文字的无能为力,恰恰势不可挡

目录

当情爱注入城市——序宇文正《台北卡农》　陈芳明　1

台北卡农

地下铁　3
咖啡馆　7
社区警卫室　13
音乐教室　19
便利商店　25
纪念堂　30
电梯　38
忠孝东路　43
美体小铺　56
牙医诊所　65
宠物店　70
一〇一　79
运动中心　87
重庆南路　97

当情爱注入城市
——序宇文正《台北卡农》

陈芳明

荒凉的城市，陌生的街巷，仓皇的人群，隐藏多少不为人知的爱恨情仇。摊开一张都会的地图，俯视阡陌纵横的道路，假设自己站在其中一个路口，几乎可以想象每天的每一时刻遇见任何行人，都各自怀着强弱不同的情感，错肩而过，又扬长而去。庞大的都市空间，像一只消化力极强的蜘蛛，让市街上汹涌的喜怒哀乐幻化于无影无踪。日出日落的节奏没有改变，四季循环的速度也未尝稍缓。如果从高空鸟瞰城市的白天与黑夜，高楼低檐的容貌永远冷漠地坐落在那里。天地不仁，视万物为刍狗，应该是都会苍茫风景线的最好写照。

都市的表情不必然都是那么冷漠。如果容许情感注入街口巷道，注入高楼地铁，有多少被遗忘、被忽视的故事都将复活过来。在捷运，在图书馆，在纪念堂，在健身中心，有太多看不见的情感从未止息地流窜。歧异的道路，不同的建筑，长短的距离，构成每位单一个人的生活空间。在宽窄不等的空间，存在着悲喜的情爱。绝情的都会，不时会冒出多情的人际关系。宇文正的小说《台北卡农》，细致地点出在大厦的阴影，在阳光照不到的地方，在无人察觉的角落，生动的爱情故事，像欢愉的诗，像悲伤的歌，默默地扶摇升起。

这册小说可能是近年来说故事技巧颇具突破的最新尝试。宇文正的笔非常干净利落，不拖泥带水，不突发奇想，叙事节奏带着一股淡淡悲哀的气味。都市里的每一个空间，就是一则短篇小说；所有的空间衔接起来时，正好可以构成一部长篇小说。每一个故事，既是开端，也是尾端；甚至只是叙事过程中间的一个桥段。阅读时，无需拘泥从何处启阅，当然也不必担心选择在何处终结。

宇文正仿佛是在暗示，一旦走进城市，每个空间，每次遭遇，都是属于生命的偶然。然而，每一个偶然的故事背后，还有更多的偶然在牵引，在安排，在开创。每个空间都会发生错综复杂的人际互动。旁观别人的故事时，小说会以"我"的身份出现；当自己的故事被人议论时，却又变成"他"或"她"的角色。各种人称的交错，其实是心理与地理之间的相互替换。有时好像会迷失在故事里，却又在另一段故事找到了出口与衔接。这是一部充满强烈空间感的小说，在故事的流动中，时间几乎失去它应有的意义。主导整个故事的主轴，是记忆，是情感，是生命的惆怅与无奈。

小说里的14个故事，暗喻着这座城市的14个空间：地下铁，咖啡馆，社区警卫室，音乐教室，便利商店，中正纪念堂，电梯，忠孝东路，美体小铺，牙医诊所，宠物店，一〇一，运动中心，重庆南路。彼此毫不相干的这些空间，隐隐约约却由一线细微的命运连系起来。无情的冷漠都市，容许庸庸碌碌的生命在这个空间聚集，在那个空间分散；就像一个故事在无意中形成，又在不经意中断裂。宇文正站在一个神秘的高处，仔细端详每一段悲欢离合的燃烧与熄灭。以诗的语言，描述爱情的完成与未完，失婚家庭里孩子对亲情的渴望与失望，已婚女子对过往生命的感动与感伤。现代都会的爱情，几乎每一个都带有残缺；在千疮百孔的经验里，有时却又暗藏些许小小的幸福与满足。

然而，生命中往往不能闪避抑制不住的悲伤。每到伤心处，简直不能抗拒，只能驯服地领受。《电梯》这则故事的结构非常完整，把一位受到伤害的孩子心理状态写得极为传神。父母离异时，没有人能够预测会为小孩铸造怎样的伤口。她发展出奇怪的行为，常常把秽物、垃圾塞进邻居的鞋子。她总是幻想电梯是一个神奇的盒子，只要按一个神秘的按钮，就可到达她内心所指定的时间点。她最大的愿望，就是回到父母还未离婚以前的时间。电梯是一个隐喻，是一个心理空间。然而，心理愿望并不能改变地理现实；愿望未遂时，奇怪的举止便伴随而来。失序的生活，将会为未来的生命创造什么？似乎已看见答案的端倪。

宇文正大胆以近乎诗意的散文体经营小说，似乎使人联想到张让。宇文正显然还有更大的气魄，尝试一种开放式的叙事技巧。在现代都会里，一位女子面对的是一个可疑的世界。宇文正紧紧扣住"可疑"的不确定与不安全。从少女成长到少妇的过程中，究竟要迎接多少危机与挑战。每一个危机，每一个挑战，在她笔下都可以形塑成一则迷人的小说。《台北卡农》在都市的每个空间都找到进去故事深处的入口，仿佛是一种拼图游戏，每一个图片都不可或缺。在慢慢拼贴的节奏里，一位都会女子的容貌，命运，情感，记忆，逐渐浮现出来。那是一个女性的伤心史，也是每一位现代女性的成长史。

因为没有开端，也没有终结，小说中的每一则故事都是一个入口。这是宇文正的想象最为迷人的地方。尤其是小说的最后一个空间《重庆南路》，又开启了另一个故事。使人不能不怀疑，是不是最后一个故事才是整部小说的开始。在故事的结尾,她写下一段接近诗意的语言:"她在这个城市里,这个奇异的,什么都可能存在的台北,也许今生就黯淡了,而更可能像许许多多的台北女人一样,在一番生活淬炼之后,重新活了过来,明亮耀眼,好像永远都不会老。"

宇文正是极具空间感的写手,在小说创作的道路上,正要释放她的能量。有一天她的笔终于也能触及人性空间时,勇敢面对人间的丑恶与邪恶,小说当更有可观。

台北卡农

地 下 铁

　　手机断讯了,他们的争吵、出口一半的句子突然地消音了。望着黑黝黝的窗外,她一个字一个字写简讯给他,反复琢磨,修改。也好吧,就不必担心说出收不回的话。

　　地铁隆隆的声音,忽缓忽响,如露,如电。

　　有人戴着耳机,耳机里传出的是歌仔戏。戴耳机的人看起来相当年轻,像一个大学生。

　　她不是学生。她是32岁的小剧场演员。她临时抱佛脚学一段歌仔戏,下礼拜要表演。她想起秋天时在旧金山的史翠宾植物园,遇见一对老先生、老太太,躲在一处亭子里唱平剧。她和丈夫走过他们面前,拔高的嗓音在他们背后,袅袅不绝。她说:"他们一定不是夫妻,哪有夫妻躲到公园里来唱平剧的。"丈夫对她扮个鬼脸,牵起她的手:"那我们看起来像不像夫妻?"

　　她甩开丈夫的手,她不知道他们像不像一对夫妻。他们没有小孩。

　　她甩甩头,像从梦魇里挣醒。

　　她的简讯写不下去,她和他的爱情是一艘驶上沙滩的船。他有一个可怕的母亲。

　　为什么她遇见的每个男人都有个可怕的母亲?

　　对面博爱座上是个年轻的母亲和一个六七岁的小男孩。小男孩清秀的脸庞,像女孩一样美丽。小男孩拉拉母亲的手,母亲俯下身来,男孩在母亲脸上甜甜一吻,母亲暖暖地笑了。

老太太笑看这一对母子,"你就一个?"

年轻母亲点点头。

"要再生一个,模子这么好,不多生一个可惜!"

母亲点点头。

五个月前,年轻母亲生日的那天,她在医院动了切片手术,证实罹患第二期的乳癌。那天晚上,她的丈夫买了一个小蛋糕。他们点起蜡烛,男孩到钢琴前弹奏"生日快乐歌",他已经学了半年的钢琴。她闭上眼睛许愿。男孩说:"妈咪,我知道你许什么愿!"

"我许什么愿?"

"你希望开刀的时候不会痛!"

她笑出了眼泪,把孩子搂紧。她许的愿望是:上帝呵,请给我时间!我一定要陪伴他长大、成人!

她动了手术,如今乳房上一道深红色的疤痕,正慢慢地褪色。由浓转淡,伤痕与世间极乐事,都有着同一的本质。她还做了放射治疗、化学治疗。她知道自己不会再生孩子了。

她带孩子坐捷运,他们要去SOGO。男孩依偎着母亲,时不时要求母亲低下头来,让他亲一下。

妈妈生病了。爸爸告诉他,要乖,要体谅妈妈。他的妈妈好像龙猫卡通里小月、小梅的妈妈,她们的妈妈说话一样轻声细语,她们的妈妈也去住院。妈妈住院的时候,他去舅舅家,舅妈叮咛他,不可以让外公知道妈妈病了。外公好久以前就生病了,身体很不好。他哭起来,问舅妈:"那以后我妈妈的身体是不是会像外公一样不好?"舅妈拍拍他说不会,"你妈妈年纪轻,跟外公不一样!"舅妈也哭了。还好妈妈只住院几天就回家了。他抱着妈妈说:"你是全天下最漂亮的妈妈!"

她戴着耳机,反复听那段歌仔戏。对面的母子像是对她一贯的信念挑战:孩子是魔鬼!他们吵闹、自私、现实、缺乏理性,最重要的,他们夺走你所有的自由!何况你不能保证自己生出什么样的小孩!看着那一对母子,她想象他们在家中可不是这般温馨美好。是的,她在那名母亲的眼中,看见疲惫,看见病容,看见压抑的忧伤,是了!这就是有孩子的下场!

她踯躅在某一个字眼的取舍,爱情如此辛劳,她已渐渐失去耐性。望着那一对母子发愣。女人,是怎样从一个年轻温柔的母亲,变成一个可怕的老太太?为什么小男孩依偎着母亲的画面如此甜美,男人依赖母亲的画面如此可厌?

老太太站起身,忍不住又望了那对母子一眼:"多抱抱他哟!这是最好的时候,将来他就不让你抱了!"

老太太下了车,她将到一所大学演讲。她从来不让人开车来接送她。71岁了,她仍然是独立的个体。她的丈夫讨厌她到处出风头,她愈来愈不理会他的脾气了。他像个孩子,可她年轻时已经带过孩子,不需要再来一遍。何况他绝不可能是个可爱的孩子,他以为他耍赖就能得到糖果,不是的,可爱的孩子是像地铁里那样的小男孩,他们有柔嫩的脸颊、澄澈的眼睛,他们天生惹人喜爱。她有几个小孙子,一样有着柔嫩的脸颊、澄澈的眼睛,可他们都在国外。地下铁是光阴的拉链,紧合了,又拉开,她早已逝去的与孩子相依偎的岁月、在数十年婚姻里默默承受的一切。

地下铁是梦的甬道。

年轻母亲合上眼凝听地铁隆隆,混着细微歌仔戏声,盹着了。才刚盹着,即刻醒来,牵起男孩的手,他们下了车。男孩把妈妈手上的提袋接过来，挂在自己肩上，他觉得自己是个大哥哥了。

电梯浮出地上的一瞬，她乍然想起方才短暂瞌睡时的梦。她在果冻般的湖里游泳，女人的歌声仿佛从遥远的天上折进湖心。她抬头、倾听，游向歌声……她想起，那是妈妈的歌声啊！妈妈在她大学时就过世了，死于乳癌。

她握紧男孩的手。男孩说："妈咪，你的手心流汗了。"他们要去 SOGO 给爸爸买生日礼物。男孩希望能看到咕咕钟报时。地下铁是咕咕钟的发条。噜噜噜噜，有人不停卷着发条。

地下铁是猫的眼瞳。

32 岁的剧场演员迅速在纸上记下片段文字。她没法忘记那年轻母亲脸上的病容。猫的眼瞳，照见平庸生活的残酷真相。她以为，那年轻母亲的年纪与自己相去不远，可她如此消瘦！奇异的是，当她睡着的时候，她的眉眼微抬，一脸平和，仿佛正领受神谕。她必是梦见少女年华，她必是梦见青春在眼前无限展延……啊！青春将无限展延，除非你选择生育，将青春斩断。

地下铁是拼被的织线。

她不知道自己要坐到哪里？望着男孩与母亲手牵手下车的身影，她才想起自己过了站。她看见年轻母亲的手提袋挂在小男孩肩上。他们牵着的手，是一床绝美拼被的织线。如果男孩长大就扯裂了织线，人生岂不教人灰心？她觉得眼眶温热而湿润了。她觉得她与他的吵闹，实在自私、现实、缺乏理性……

她终于写好了简讯：

也许我们的爱情，只是暂时进入地下铁……

咖 啡 馆

咖啡馆是一个声音的下水道。

你在这里觉得安全,你说的话语,像烟雾融在早已迷蒙的房间。

没有人注意你,即便你曾经是名噪一时的星星。当你走进名厨、饭店,经理还是会过来问候你一声:好久不见!可是这里,这是一个脸孔的夜市。

她拿出录音机、纸、笔。她将记录下你说的话,为你写一本书。书上不会有她的名字,作者是你。

你将告诉她属于你的年代。你曾经是许多罗曼史的代言人,你有一双明亮的大眼睛、小巧却高挺的鼻梁。你完美无瑕,是所有男孩、女孩的梦想,直到有一天,你在一场婚外情的戏里跌下了舞台。你的对手比你入戏,她向世人宣称,你的大眼睛,其实割过双眼皮,你高挺的鼻梁,动过隆鼻手术,你的情感像你的脸一样虚假。你夺走她的丈夫,如同你掠取世人的情感和信任。你站在12楼高的阳台向下俯视,沉默良久,而后你抛下手边抓得到的所有物品,美丽的衣、鞋、帽子、皮包、披肩……你忘情地抛却,看一条条长围巾在风里飘逸,世人说:你、疯、了!你退出阳台。

而后的16年里,你努力抗拒从高楼下坠的欲望。然后有一天,你大梦初醒,发现所有的人,都在讨论美容手术;发现婚外情是一艘承载知名度的航天飞机,没有一艘任务失败。你走在台北的街道,搜寻属于你的年代。你恍然发现如此多的咖啡馆,它们似是而非。你的年代也有咖啡馆。

一场黄粱大梦,你发觉你的年代的人们都在老去。那些女明星,如同泄了气的球体,各个惨不忍睹。

她望着女明星的脸。仍然如此骄傲啊!她批评当年采用小针美容的女明星,为求丰腴饱满的脸面,东墙补补、西墙补补,那些注射的硅胶,时日一久,额头上的掉到眼皮上、脸颊上的掉到下巴来,永远拿不掉。而她,永远的星星啊!

她振笔疾书:外貌、自信与情感,我并不知道别的女人在这三方面是否经历过一些心灵的冲突?对我而言,它们之间的折冲系紧了我人生路程的精神状态,我将坦然道出当年的崛起与没落……

她喜欢书写别人的故事。写过一位法师,写过女主播,写过超级保险业务员,写过股市大亨……就是没有写过任何关于自己的事。她是一个文字的灵媒,扮演别人,让她热烈地活着;合上笔记,她觉得自己一片空白。

你觉得自己就要一片空白。所有的色彩都在消褪,你想捕捉,彩虹消逝前最后的光影。

你要她别动。你拿出纸笔,捕捉她这一刻的美丽。啊!她是这样美丽!她是个美丽的孕妇。她饱满的气色,让人清楚看见肚腹里生命的成长,一个新的宇宙正在建构——与你恰恰相反。你的体内是一个失序崩毁的世界,免疫系统逐渐耗损。你患了世纪之病,AIDS。你不断地咳嗽,引来旁人不悦的眼光。

她忍耐地微笑,尽可能表现不在意。她有充分的常识,理解AIDS的传染途径,她知道她和她的胎儿是安全的。在情感上,她也知道自己是安全的,即使你盛赞她的美貌,她的表情平静无波,她知道,你是一位男同性恋者。

你们静静地坐着,一个画画,一个微笑。画里的人,每分每秒都在滋长。她和她的胎儿,是迎着阳光的向日葵。画外的你,每分每秒都在消殒。你体内的细胞,正一个一个阵亡。然而你愉快作画。你爱美,你是如此耽溺于美呀!

你对美的耽溺,是一生崛起与毁灭的所有因果。

你说,从前从前,你有一双肿胀的眼、塌陷的鼻子,整个人像一只发育不全的老鼠,命运安排你走进演艺圈,真是件奇妙的事!高中时代,你每天走过西门町,看到"生生美容院"的广告——那似乎是当年唯一的整形外科,你好想进去,可你是一个小孩子,怎么敢呢?直到高中毕业那一天,你央求母亲带你走进去。那里有十张割双眼皮的床,医生像牙医师那般一床一床打麻醉针、消毒、缝。你走出来,痛得强忍着泪。你的两只眼睛肿得像金鱼,心里无限懊悔!一个星期过去,眼皮消肿了,啊!你发觉自己变了一个人,从此你的世界完全改变。

世界完全改变。柏林围墙拆除了,苏联解体了。你说,你申请到了文建会的补助,再过三个月,你的剧团将远赴东欧。你日以继夜为演出的剧本做最后的修订。人们说,你不该将生命两头燃烧,你应该爱惜自己。

你爱惜自己,残余的时光。你编剧,你画画,你阅读,你将去游历,到残败而犹存风韵的东欧……

你犹存的风韵,不在开始松弛的脸上,不在比例有了变化的身段,在你解下柔软黑色斗篷搁上椅背的手势,在你说话的低哑嗓音,虽然人们说过,这样的嗓音,破了你的相。

你进入知名电影公司,却被冷冻了两年。每一次演出的试镜，一再考虑之后，导演终究舍弃了你，他们从不告诉你原因。两年过去，除了拍摄几张宣传照、业余走过几场模特儿秀，你一无所有。你觉得整个生命浪费掉了。终于有一位导演对你做出中肯的建议：你，去隆鼻吧！你的鼻子上不了镜头，不立体。

还是回到生生美容院。你做了第一次的隆鼻手术，削一块塑胶，把鼻梁垫高。你从此开始演戏，并且一炮而红。

在圈内，让你一炮而红的不是你的剧本，而是你这世纪之病。你成为代言人，成为被保护的弱者，成为对抗保守势力的强者，成为圈内人的话题。

她才是强者，她在你的面前，显得如此生意盎然。你要以你的笔，画下生之孕育，透过你体内死亡的兽，贪婪的眼，你知道你将画出的是这一生最杰出的画作。

你经历两次眼睛、两次鼻梁的手术，你的脸，是那位整形医师最得意的杰作。你在圈内的地位牢固了，你慢慢地忘了自己从前的长像，就像常常忘记自己的本名一样。

你对美主观、笃定，在小针美容盛行的年代，你庆幸自己不盲从，不受旁人左右，你的美容史并没有为你带来灾难。你从没有后悔过，美容只是增加了你的自信，使你的状态变得顺畅。可是精神上，却有一番沉重。那是一个美容经验不能公开的年代。那是你最大的秘密，虽然那秘密带给你喜悦，然而它是不可分享的。

她的眼睛里漾着秘密的喜悦，她并不知道你的生命即将走上终点，否则无论如何，她会压抑那一份喜悦吧？她凝望着你，神思远在天边，那笑意如此悠闲，悠闲得近于冷漠了。而你，躯体的脆弱与艺术热情的强悍，将在画布上取得谐调，或者不协调的力量。

说完美容史，接着是你惊涛骇浪的恋情。你的恋情才开始，录音带到底了。她慌张取出录音带、翻面，重新按下录音键，唯恐漏失了重要的情节。

你的录音带随时可能到底，而你没有机会翻面。又或者翻面，是另一趟冒险？人生至此，终要相信轮回吧！否则活着，就太令人绝望了。望着隔桌女孩操作录音机的手，你了悟下一趟行旅，会盖过今生的路程，间或有些似曾相识的风景，那就是宿缘了。

她盯着录音带的运转，抬头歉然对你笑说，以前曾发生翻面后故障，录音带根本没动，结果反面是空白的灾难，现在就变得小心翼翼了。

你说你懂，你的生命其实在一次翻转之后，就是一片空白了。你忽然说不下去，那爱情的快意，在公诸于世之后其实已经邃然坠地。多年来，你不断地对抗地心引力，每走过栏杆边，你必须克制自己一跃而下的欲望。然而少年时，你曾倚赖向上飞的欲望而活。

她将永远记住，这一个咖啡馆的午后。她的心思向上飘飞。有人拿那么激赏的目光为她画像。想起初恋时的男孩，他们相识，是在学校的溜冰场。她趴在栏杆边，只是想张望场地，考虑去买一双溜冰鞋来练习。场中的男孩却因为她的出现，心慌意乱，摔了个大跟斗。后来他教她溜冰，两人在溜冰场里滑行如飞。

那是她第一次感觉到飞。这一次，是腹里的胎儿带着她高飞，在冥漠不可知的宇宙溪壑里飞，飞过前世今生，飞过他的来处?

　　从高楼往下跳,就将回到来处。你的故事开始抽象化了。高楼接近于天堂。你说,在尼可拉斯凯吉主演的《X情人》里,天使从高楼下坠便成为凡人。高楼原来是天堂与人间的转运站啊!你的心思腾飞在高楼上,啊!终有一天……

　　她听得入了神,进入一个浓度极高、极稠,充满欲望、情仇的灵魂,她将以文字环游那大起大落、疯狂痴傻的半生。沙沙沙沙,下笔如飞……

　　画中的女人,嘴角扬着缥缈的笑,她的心在高原上,她的心在蓝天上。这只是张素描,他将回去绘上色彩。他已经能想象上色后的画面,他的心飞至高处,俯视这一幅画作。他的心和着咖啡馆的音乐高飞,那是 Bob Dylan 的老歌 *Blowin' in the Wind*。啊!生命流失的过程,正是吹散的轻烟,正是薄雾里蒸融的水珠,随风,向高处飞散。

　　咖啡馆是一座灵魂的飞行场。

社区警卫室

社区警卫室是住户的情报站。一名警卫对住户说：那个住在C栋7楼的女人啊？她最近大概失眠了，你看她的黑眼圈就知道……

住在C栋7楼的女人有一头新染的红发。电梯里，孩子们总是睁着大眼睛瞅她，红色大波浪卷发下衬着苍白的肌肤，她好像一个外国女人。电梯里，男人总是保持着绅士的微笑，她是一名不折不扣的美女。电梯里，女人总是与她客气颔首，而后避免目光的交会；她们想着，她的香水味太浓了，她的妆涂得太厚了，她的头发染得太红了。

住在C栋7楼的女人，最近特别的苍白，妆搽得比较厚，头发染得比较红，掩饰劳累的肌肤，因为她最近拿掉了一个小孩。

她不是没有罪恶感，可是她觉得自己实在不适合去生养一个小孩，那是多大的责任！有时她和已婚女友在一起，聆听她们一肚子孩子教育的苦水，她忍不住为她们计算：养一个小孩究竟要花多少钱？再核计她们与丈夫的薪水，她感到肃然起敬，更别提那无价的心力。

她并不是第一次拿掉小孩，然而这一次特别难受。她不眷恋，却隐隐作痛。也许，是因为年纪真的大了吧？她想。

她的脑波，像脸色一样的苍白。白色的波浪，日夜在脑海里翻搅。她已经失眠一阵子了。

C栋7楼的女人，疲惫坐在电视机前，她想要静一静。可是静不下来。因为社区有一位警卫很喜欢广播。她想他真的非常喜欢广播吧？他总是会先来一段预告："警卫室报告，警卫室报告，各位亲爱的住户，请将大门打开，以便收听清楚。"这句话他会重复好几次，仍然不直说重点。而她想不出来为什么要把大门打开，社区广播的喇叭音量已经够大、够刺耳了。

"亲爱的住户，您好！"她实在无法忍受做为那"亲爱的"住户里的一份子。这个世界很怪异，真正亲密在一起的人，从不说亲爱，陌生人之间却动不动说"亲爱的"。警卫熟极而流把"亲爱的住户"问候一番才终于开始说明重点；然后感谢大家的配合、收听，然后，他会唱费玉清的《晚安曲》："让我们互道一声晚安，送走这匆匆的一天……"

半个钟头以后，"警卫室报告……"又来了！直到《晚安曲》唱完。有时候，一个晚上他会报告好几遍。他似乎相当满意自己的音色。

万圣节快到了，社区将为孩子们举办"不给糖就捣蛋"的活动，最近几天，社区警卫的广播就更勤，《晚安曲》唱得更起劲了！

住在C栋7楼的女人，失眠得很厉害。

"亲爱的住户，您好！为了给孩子们一个快乐的万圣节，本社区征求自愿提供糖果的家庭，自愿者请到警卫室来报名……祝您有个宁静的夜晚，晚安，晚安，再说一声，明天见。"

宁静的夜晚？每天听《晚安曲》！C栋7楼的女人觉得自己简直是住在百货公司里。她拿起警卫室直拨话筒，猛按几声，又猝然放下。"嘟嘟嘟嘟——"警卫室却回拨给她，问她是不是要提供糖果？

她不记得自己怎样含糊应对那些问话了。她拒绝了，可是对方竟百般感谢，那些客套话的往返，竟有点儿像她的工作。

有一回她打电话询问某报社的活动组，洽商能不能挂名合办一项义卖的活动。接电话的是刚升上组长的一名男士，他十分热心地说："有什么事情，请尽管吩咐，小弟绝对效劳……"可是电话挂上，她却完全不懂，他的意思到底是同不同意合办？因为他又说了一堆时机不是很恰当之类的话，最后再要求她随时有活动不要忘了他呀！后来她遇见那位男士的部属，忍不住问了一句："你们组长讲的话，你都听得懂吗？"对方笑得快要噎到："听得懂啊！"

我就听不懂！她想她总是听不懂男人的语言。就像她始终没听懂，她的男人究竟是要还是不要跟他老婆离婚？他说的仿佛是要，迟早要离的，可是一边哄她拿掉小孩。她并不在乎拿掉小孩，即使他们结婚了，她也未必要生小孩。她疑惑的已不只是男人要不要离婚，还包括她自己，到底要什么？他们的爱情，是不是已经走到了尽头？堕胎总是为情人之间画上句点，就像孩子为夫妻之间带来转折一样。

那名警卫秉持对演说的高度兴趣，反复预告万圣节的活动。住在C栋七楼的女人知道，今晚她又要失眠了，因为这恼恨的情绪将延续到她上床不会消除。她想起电影里的情节，布鲁斯威利对餐厅侍者掏出枪来：警告他汉堡里不、要、加、美奶滋！她想象，拿把枪冲进警卫室，指着那警卫的嘴巴，要他闭嘴！警告他永远不要在广播里唱歌——

她站在警卫室门口，两名警卫背对着她，正跟窗口一名太太聊天。他们在谈论A栋那个教钢琴的老师最近得了乳癌，孩子还那么小……

警卫室是社区信息集散地。人们总在领包裹、缴管理费、等社区巴士的短暂时刻与警卫交换讯息。

警卫室玻璃门上贴着警卫人员守则，列出住户可检举的项目，例如当班时饮酒、打瞌睡、擅离职守，例如服装不整、态度恶劣、造谣生事等等。女人把守则细细读了一遍，其中并没有不准唱歌这一项。

一名警卫转头来发现了她，殷勤招呼："秦小姐，这么晚要出去啊？"

社区警卫在辨认脸孔、记忆姓名方面具有高度的智商。她怀疑社区招考警卫时是否先做过记忆力的测验？他们不但能正确喊出每个住户的姓氏，并且知道每一名住户出没的时间表。有时她不过提早半个钟头出门，警卫会问："今天比较早上班喔？"他们也清楚每一个人身边要配上哪一号人物，习惯夫妻一同出门的住户，如果某一天太太单独出门，警卫会说："今天先生没送你呀？"她知道，当她的男人过来时，他们会窃窃私语。

她并没有要出去，她只是希望找到一个办法，今晚能够平静入睡。也许用手勒紧那名喜爱广播的警卫的脖子，警告他，并不是人人都喜欢收听他的节目！然而她问："有我的挂号信吗？"喜爱广播的警卫立即摇头："今天没有。"如此坚定，他甚至没去翻登记簿。他看上去五十好几，后脑勺的头发有些秃了。他说："秦小姐要多休息啊！"她几乎要翻脸，却看见警卫的脸上挂着谦逊的笑。那样的笑，似曾相识。

她想起自己的父亲。高中时，有一回学校一项资料要家长签名，她忘了，上学途中她先到父亲的公司，隔着一扇窗，她听见一个女人对着父亲咆哮，那女人看上去比父亲还年轻些，而她的父亲，没有抗辩一句话。女人转身离开，其他人立刻围上：怎么了？她的父亲喃喃地解释，脸上挂着，谦逊的笑。她悄悄走了，自己帮父亲签上名字。

她悄悄走了。

住在 C 栋 7 楼的女人，已经失眠好久好久了。

万圣节来临。台湾不知从何时开始，有形有色地过起万圣节。学校老师会要求家长帮孩子装扮。财力雄厚的家庭，为孩子购买哈利波特的全套装备，包括光轮两千，一把也许日后可以拿来扫地的扫帚；手艺好的妈妈，为孩子缝制南瓜衣、恐龙装。住在 C 栋 7 楼的女人走进电梯时，让一个鬼面具伸出的红舌头吓了一跳，小家伙发出得意的尖叫；电梯里还有个长着透明翅膀、浑身雪白的漂亮小天使。她十分十分的庆幸，没有生孩子。她可绝对没有那样的手艺！

她几乎进不了自己的家门，因为门口正有一群装扮奇异的孩子猛按她家的电铃。带头那名蜘蛛人男孩失望地下结论："没有人在，我们换下一家吧！"小仙女拿起名单画上一杠："真奇怪，明明有这一家呀！怎么都不出来。"

她闪进楼梯间，屏息，等待那一大群小萝卜头蜂拥进了电梯才敢出来，悄悄地回到自己的家。

"不给糖就捣蛋"的孩子们分成许多小队伍，每隔一阵子就有一队跑来按电铃，有的不死心，拚命按，久久才失望离去。住在 C 栋七楼的女人蜷缩在沙发上，不敢开灯，更不敢打开电视。

室内漆黑，衬得窗外夜空明亮。点点灯海，每一盏灯下，都是一户快乐好人家啊，她想着，她和她的男人在一起，一直以来，就像这一晚，悄然躲在暗室里，不能开灯，不敢发出任何声响,只能遥遥眺望不可及的星空和星空下点点灯火。

她走到窗前,看见提着南瓜灯的孩子们穿梭在庭园中,大声练习着"treat or trick"的英语。她拿起电话拨了他的手机:"Treat or trick!"

"什么?"男人一头雾水。

"我要你带一大袋的糖果过来,不然我就要捣蛋!"

住在C栋7楼的女人躺在沙发上睡着了。她在等待一袋梦中的糖果。

梦中,隐约听见社区警卫的歌声:"……值得怀念的,请你珍藏;应该忘记的,莫再留恋。让我们互道一声晚安……"

她睡得好沉好沉,后来敲门、按铃的孩子们,都没有吵醒她。

音 乐 教 室

亨德密特,《当去年的紫丁香在庭前绽放》。忧戚的管弦乐前奏……

这个满脸疲惫的男人把音乐教室里所有的报纸都翻完了,孩子还没有出来。他并不常来,通常是妻子带女儿来。女儿君君做什么,妻子一定陪在身旁,然而今天他独自带君君来,他的妻子离家出走了。

A 教室,有家长痴痴地隔着门上的玻璃,追随孩子的踪影。他们在里面跑跑跳跳。有时老师关起灯,让孩子拿着荧光棒随节拍律动,或拿着手电筒在布幕后扮演小星星;有时他们随着《胡桃钳》、《动物狂欢节》的音乐起舞。有个子矮小的母亲,一整节课踮着脚尖守望那一方玻璃。这班奥福课程的孩子只有三四岁大,他们的父母亲从窗口,寄上所有的期盼。

以前当他偶尔陪伴妻子同来的时候,总也是那门外的一个,一边张望女儿,一边与其他父母交换孩子的生活小事,女儿太小,他总怕她被别的孩子推倒;然而现在他毫无心情。

他让一个女人为他拿掉了小孩。

他已经很久没有她的消息了,最后一次通电话是去年底万圣节的时候。他突然接到她的来电,要他带一袋糖果去看她,她的声音听起来仿佛喝了酒。他想她只是酒后闹一闹吧,酒醒就没事了。他正陪着女儿杂在一堆奇装异服的孩子中间,浩浩荡荡去便利商店要糖果,他和妻子跟在孩子们的后头。妻子亲手缝制,把女儿打扮成一条美人鱼。女儿那么小,每一个见到她的人都忍不住弯下腰来摸摸她红红的脸蛋、橘色的小尾巴,赞叹一声:"好可爱的小美人鱼哟!"妻子把女儿捧在掌心,她是真可能为女儿去摘月亮的母亲吧!他不会离弃她们,他从来就知道他不会。

他没有想到的是,从此,她就从他的世界消失了,那个在万圣节来要糖果的女人。她是个古怪而美丽的女人。她的手机突然变成了空号,打到她的公司,她作出完全不认得他的样子。那与她欢爱的所有过程,突然间被一个橡皮擦擦掉了。一切变成了令他心痛的幻想。

也许,她知道她要的糖果,他真的给不起?

他满怀感伤地想着,这世间曾经有过一个孩子,他从没有机会给他糖果。他的自责,是从她消失之后才深刻起来。

如今,他的妻子也消失了。他甚至未及思考痛苦不痛苦,他觉得慌乱无措。他失神望着一对长得一模一样的女孩,手拉手经过他的面前,他怀疑是他的幻想。

佛瑞《洋娃娃双钢琴组曲》。甜美的四手联弹……

小梧、小桐两个双胞胎女孩每个礼拜只有在钢琴课上见面。她们的父母离婚了。他们一人要一个孩子,跟着妈妈的小桐搬了家、转了学,她们就被分开来了。大人说这样子很公平,也有大人说把双胞胎分开来是残酷的。

她们已经分开一年了。她们3岁就来到这里的奥福班,后来一起跟江老师学钢琴,她们都不愿意离开江老师,于是她们可以在钢琴课见面。

她们各自在家里练琴。当爸爸加班好晚没回家时,小梧就不断地弹着钢琴；当妈妈带着那个男人到家里来的时候，小桐就不断地弹着钢琴。她们的钢琴进度变快了，大人说，是因为没有人跟她们抢琴了。

她们在学校里、在家里都不再被当成双胞胎了，唯有钢琴课的时候还可以跟江老师玩一玩让老师弄错人的把戏。慢慢地，老师愈来愈不会错认她们，她们不再像小时候那么像了。大人说，是因为两人的生活环境不一样，慢慢就有了不一样的面貌。她们计划过，像电影里久分重逢的双胞胎，偷偷交换回到对方的家，趁着大人还分不太出她们的时候。可是小梧已经不能想象没有爸爸，而没有妈妈的感觉她已经知道了；小桐已经不能想象没有妈妈，而没有爸爸的感觉她已经知道了。

有一次妈妈带着那个男人到家里来的时候，小桐偷偷想着，她希望妈妈车祸死掉，那么她就会回到爸爸的家，跟姊姊住在一起。以前，她什么事情都会跟姊姊说，可是这件事不能说。不能让姊姊知道她曾经想要妈妈死掉。于是她不停地弹钢琴。

爸爸就要结婚了，爸爸说，他一个人没有办法照顾小梧，而阿嬷老了，他需要一个太太。爸爸的新太太有一个小男孩，那个小男孩将要住到他们家，她将有一个新弟弟。小梧还不要告诉妹妹这个秘密，妹妹会非常非常地伤心。于是她不停地弹钢琴。

每一次离开音乐教室，她们都要跟江老师抱一抱。可是今天，小桐抱着江老师的时候，忽然好想好想哭，她的心里怀着一个巨大的秘密，她觉得喘不过气。小梧抱着江老师，偷偷看着妹妹，她将有一个新妈妈、新弟弟，她不知道未来会变得怎样？她把老师抱得好紧，紧得自己喘不过气。她告诉自己要忍耐，不可以哭出来。

江老师一手揽着一个孩子,就像她们的母亲。

巴哈《G弦之歌》。在低沉感伤的G弦上……

D教室双胞胎女孩到外厅里玩展示的钢琴,一边等候她们的父母。江老师坐在KAWAI黑色钢琴前发楞。刚才,她搂着两个伤心的孩子不知所措。怎么舍得呀!她们的父母怎么舍得把她们分开!

江老师把手放在钢琴上试图弹奏,可是她的手仍旧不听使唤。这一阵子她教课都只能口述,看孩子弹,再做纠正,却不太能示范。不久前,她刚动过乳癌的手术,并且拿掉了右腋下的淋巴结,她的手仍在复健之中。

最初,她连筷子都无法使用,强迫自己变成左撇子,以左手刷牙、洗脸、洗头发……最难的是必须两手捧水,她的手无法自然并拢;手肘的移动,也无法控制速度;手臂里的神经似乎都是麻的,只有手指头仍然灵活,却还是没办法弹琴,因为不能迅速移位。她试弹几个小节,手立刻就酸了。少时练琴的记忆、母亲的脸一一涌上心头。她伏在钢琴上。

你才动完手术,就想弹琴?她问自己,不该着急的呀!复健几个月,一定会恢复的。医师说:"你现在就是要跟疤痕抗战,要抬头挺胸,远离疤痕向下的拉力!"手术前没有人告诉过她这些。她摇摇头,我从不知道,开完刀手会变这样子!

她想起母亲。这段时间不断地想起母亲。她想着自己只是作局部的切除,手就变这样子,妈妈以前整个乳房切掉,出院回来休息没几天就照样给他们煮饭,而她一点都不知道她的手动作会这么艰难!

　　妈妈是切左边还是右边呢?

　　她不停地回想,不停地回想,就是想不起来!

　　只记得后来母亲掉头发,她去衡阳路上买一顶假发给她,店员还觉得奇怪,高中生怎么会需要假发。

　　她只注意母亲的头发掉落了,一点都不知道她真正的痛苦是什么。

　　也许她更在意头发呢?她并不弹钢琴呀!

　　江老师默默微笑起来,摸摸自己为了洗发方便而剪得像男孩般的短发,她的化学疗程即将开始。等我头发掉光的时候,但愿也有人为我买一顶假发。

　　德布西,短歌《在我心中哭泣》。恍惚哀伤的冷音符……

　　A教室里乱成一团了,一个小男孩没有听老师的话把袜子脱下来,他穿着袜子在教室里跑来跑去,滑了一跤,把身旁那个子最小的小女孩君君撞倒了。君君下巴磕在木头地板上,手撑起身子,还没站稳就开始放声大哭。大家都慌了!家长把门打开,君君哭着跑出来。手上拿着报纸的爸爸吓坏了,仔细察看她的伤口,还好,没有破皮流血,但是肿了起来,大概要肿好几天吧!

　　爸爸抱起君君,告诉她没事,不哭不哭。老师、小男孩的妈妈围着君君,连连安慰,君君仍然哭个不停,从嚎啕变成了哽咽。她哭得太久了,爸爸有点儿抱歉地看看旁人,"小哥哥已经跟你对不起了,也不是故意的,怎么可以哭个不停?不哭了好不好?"君君摇头。爸爸急了:"等一下带你去吃麦当劳好不好?"

君君摇头。

"带你去买芭比娃娃好不好？"

君君摇头。

"带你去姑姑家找小表哥玩好不好？"

君君摇头。

"带你去动物园好不好？"

君君摇头。

爸爸生气了，音量不由得放大许多："那你到底要什么？"

君君挣开爸爸的怀抱，用尽所有力气嘶喊："我要妈妈——"

爸爸、钢琴前的双胞胎女孩、D教室里的江老师，泪水纷纷滚落了下来。

巴海贝尔，《卡农》。三部小提琴悠悠轮唱……

便 利 商 店

"第七个!"

背着一口皮箱的男人躲进便利商店。便利商店是大雨中的一朵蘑菇。他以为听到的应该是"欢迎光临",但不是,今天他听到的是"第七个!"和一串女人的笑声。他全身湿透了,他知道他们是笑他,但不明白笑什么。他心里不爽快,但不想表现出来。他的样子像一个莫测高深的魔术师。

他的皮箱里装着大把的项链、戒指、耳环、手链、腰链、别针、发夹……像一座小小的金银岛。他每个星期三中午到这个巷子口,迎接旁边这栋大楼里的粉领上班族。她们见到他总是容光焕发,但她们不看他,她们迫不及待盯紧他带来的饰品。他批来的饰品都是韩国货,她们爱不释手,互相比看,一边轻按额头上滴下的汗珠,嘴里嚷着:"好热啊!"却迟迟不肯走。他总想笑,但不表现出来。

现在一场暴雨,他躲进便利商店,盘算着这雨会下多久?她们会撑着美丽的伞来寻他吗?如果雨停得太晚,也许她们就回办公室不再出来了,他要碰碰运气等她们吗?"第七个"是什么意思呢?

他的皮箱,见证了这个城市不灭的生命力。曾有一个男人靠近他的皮箱,对似乎熟识的女人说:"也就是一口皮箱,你们怎么能看那么久啊?"那男人不知道,这口皮箱是那些女人的多啦A梦。

便利商店是城市的多啦A梦。

短发及肩的女人回到住家旁的便利商店。便利商店与女人的家距离不到50公尺，曾经，她依赖这里像海浪依赖着沙滩。她总在这里买报纸、咖啡、便当、提款、缴手机费、停车费、加值悠游卡、影印、寄快递、领取发票奖金、网络购书。便利商店是她的厨房、她的书报摊、她的邮局、她的银行、她的政府。她回到这里，像燕子找回熟悉的梁柱。

　　小时候，母亲也曾离家出走，走了几天，又回来窥探几个小孩。她回到巷口的咁嘛店，头家娘告诉她，孩子可怜哪！几天来都是大家端饭过去，最小的每天哭着找妈妈，爸爸整天发脾气打人。咁嘛店聚集更多的邻居，七言八语叙述孩子的惨状，然后簇拥着她母亲回家。咁嘛店是一个斥候站，守望着全巷家庭的幸与不幸。咁嘛店是一个集体心理治疗中心，悲伤的女人在那里倾泄哀愁。她的母亲回家了，孩子们重新拥抱妈妈。

　　这个城市失去了咁嘛店。

　　短发及肩的女人走进便利商店，"第八个！"她愣了愣，不知大家喊着什么。那几个店员也许认得她。就在几个礼拜前，那个万圣节的夜晚，她还和丈夫尾随一大群孩子来要糖果。他们一路要到便利商店来，戴吸血鬼面具的大孩子对着店员嚷："Trick or treat!"她担心引起误会急急上前。一个年轻店员对她咧嘴一笑，然后进储藏室里找来一包包的雪饼、牛奶糖、果冻分给小朋友。他也许不记得了，那天她的嘴巴画得斗大，脸颊上还画了几颗心。

　　那天在孩子们的欢呼声里，短发女人瞥见丈夫接起一通奇怪的电话之后便沉默失神。她完全知道怎么回事。那段时间里，她在家经常接起不说话的电话。她上网进入丈夫的电子信箱，他以女儿的生日为密码,她一猜就猜中。他深爱女儿,女儿是他们婚姻关系里最重要的环扣。他已不爱她。然而,她爱他吗?

她上网读他的信,不断 Re 往返加长的信里,一段段他写给女友的文字,用着对待女儿般的温柔口吻,那是他不曾给过她的。他们的情感是平衡的,过去她一直坚信平衡的爱情才能够久远,不应有一方失重。她的信念似乎是错了。他不只拿掉了天平上的砝码,还拿掉了她的自信。她恨他。

她决定不要复制母亲的生命,为了孩子守着一个已不相爱的男人,她决心出走。强忍割舍女儿的痛楚,那是最惨烈的试炼,她终于明白当年母亲出走后为什么又回到巷口小店,她以为她可以看一看就走,从此却留了下来。她踏着跟母亲一样的脚步,回到巷口的便利商店。在这里,她却是一个永远的陌生人,即便她过去天天来买报纸。他们喊"第八个!"是什么意思呢?

穿低腰牛仔裤、露出一截白皙腰部的女人冲进来,四下找伞。她的伞老像易拉罐,遇到雨就买,天晴了就不见了。找便利商店比找雨伞摊容易得多。便利商店是一个易拉罐。"第九个!"她听见众人兴奋的喊叫,然后发现一个年轻店员盯着她看。她很习惯的,男人们总是盯着她看。她只是冷,雨太大,连她的腰部都打湿了。下了雨,便利商店的冷气就变得太冰凉。

便利商店是城市的冰箱。

年轻店员看着有点发着抖的女人,似曾相识。对似曾相识的面孔他总是毫无办法,他每天见到的面孔实在太多了,多到对于脸孔变成一种纯粹的概念。小时候生物课做标本,他捉来一只蝴蝶,做坏了,再去捉一只。他对生物老师说,你看我捉到一只一模一样的蝴蝶!老师告诉他,世上没有两只蝴蝶是一模一样的。

他要老师看,真的一模一样啊!你看它们的颜色、花纹……老师说,如果蝴蝶看我们,也会觉得每个人都长得一模一样,"蝴蝶"是一种概念,你必须突破那典型的概念去看蝴蝶,看这个世界。

大一时,他对女朋友说:将来我想去中部或是东部的山里买一块地,弄个农场。他乱说的,他根本不知道自己毕业要干什么。他念的是很多人听到名字会惊讶地:"啊?有这个大学?"的国贸系。在这个经济不景气,大学升学率却几乎百分之百的时代里,毕业即失业,"国贸"这个名词成为一种纯粹的概念。农场,至少想象起来,可有具体的画面。然而女朋友一听立刻嗤之以鼻:"到山里面?告诉你!没有7—11的地方,我是没办法活下去的!"

那时候真的一点也想不到,毕业后会蹲在这家便利商店。便利商店是他初恋女友的生命元素。便利商店是年轻少女的圣殿。雷雨轰隆中走进来一个女人,他整个人被闪电击中似地盯紧那露出腰部的女人。那是他的初恋女友吗?她离开他以后,他遇到过许多女人,他才明白,世上没有一模一样的蝴蝶,他再也找不回最初那一只蝴蝶。

她不是他的蝴蝶,她们只是神似。他想,他最初的那一只蝴蝶,现在说不定也穿着低腰牛仔裤,在城市的某个便利商店里躲雨,颤抖地迎接男人贪看的目光吧!

门开的一刹那,"第十个!"整个便利商店大声欢呼起来。

日子实在是太无聊了,这场大雨刚刚下下来的时候,几个店员约定,等到第十个进来躲雨的客人,他们要免费让他结账。他们一个一个数下来,每个客人都莫名其妙,但是却慢慢有人加进来一起计数。

便利商店是城市的计数器。

第十个走进来的客人是一个扎着马尾的漂亮小女孩。店员们的视线跟随着女孩，她买了什么样的商品，将决定他们在这场游戏里得分摊多少钱。他们很幸运，小女孩应该不会买太贵的东西。

小女孩站在那排零食区，考虑了许久，拿起一颗健达出奇蛋。她最喜欢出奇蛋了，不是为了吃那层巧克力蛋，只是为了看看蛋里面包着什么样的玩具。

便利商店是一颗出奇蛋，以前每次跟妈妈上便利商店，妈妈缴费、买饮料，她就到处寻找新奇的东西。她的妈妈不见了，好久好久不见了，只要一想到妈妈她就想哭。她进来的时候好像听见大人们喊着"第十个！"，于是她数了数，数到第十颗。

她慢慢数数的时候，世界好像静了下来。静了下来。妈妈的脸，出现在出奇蛋的架子旁边。

当雨停的时候，每个走出这家便利商店的客人，手上都拿着一颗健达出奇蛋。今天便利商店大请客哦。有一个客人，好像是那个背着皮箱的魔术师说，人生就像一颗出奇蛋，吃完一层巧克力，才会揭晓里面包裹的是什么。

纪 念 堂

圣诞节刚过的纪念堂，在大陆冷气团的笼罩里安静得好像一个人都没有。黎蕙默默抛出一小把一小把鱼饲料，肥硕的锦鲤簇拥而来，偶或轻跃出水面，似乎是这里唯一的声响。

半年前这里有过一场场激情的群聚，"青天白日满地红"招展，现在连打太极拳的老人都没看到。锋面来袭，而不远的南亚海域刚发生铺天盖地的海啸。世界末日呵！她萧索地咀嚼着一个个惨烈的成语，天地不仁、地坼天崩、生灵涂炭……这些，是爸爸教给她的成语。

爸爸扶着她的手教她厚重的颜体，写下一个个四字成语。爸爸的大哥死于日军之手，弟弟在内战里离散，他唯一同船来台的同学死于八二三炮战，那是他经历的最后一次战争。他娶台湾女孩，扶过四个孩子的手，用浓浓的墨汁写下一个个厚实的方块字。老了的时候，每个清晨，他总在纪念堂踱步，他喜欢从这里仰望蓝天。

爸爸在三二〇"大选"之前离世。在那之前，长达半年的时间，她每天下班后赶到荣民总医院陪爸爸坐着聊聊、扶点滴架走走，她想多问点爸爸小时候的事，然而爸爸的意识渐渐混乱了。她疲于奔波，直到最近想起，那样的时光，竟有种难以言说的甜美。

那或许就是紧握住最后时光的滋味，就像她在三一九枪击事件后错乱般的一种亢奋。她一直分不清楚，那完全无法入眠的日夜，究竟是因为爸爸的离世还是因为那场难以接受的选举？每有朋友向她慰问，她总说："我还好……"如果是更熟的朋友，她会说："也好吧！如果我爸还活着，大概也是活活气死了！"

她问自己，她是从小迷恋过棒球的人，看过太多的胜负，也早该是人生球场的老将啊，为什么还会因为输赢而痛苦？慢慢她才想明白，在球场上，无论她支持哪一个队伍，一切都在众目睽睽之下，一切都是、也必须是公平的。当有一天传出球员作弊的消息时，球场上的观众马上散去，再也没有人要看了。在球场上，没有人会接受这种事。

她一次又一次独自来到纪念堂，和激情的群众融合在一起，她终于痛快地让眼泪涌出来。她置身在一群老荣民中间，觉得代替了爸爸站在这里。她望着这些半生从战乱里走来，风烛残年的老人，这很可能是他们最后一次深情的狂吼了，眼前的每一个叔叔伯伯，未来的几年一个个都会像爸爸一样离开，她难过的是，离开之前，他们的心都被深深刺伤了。

林志阳的肩上骑着亲爱的小孩，身边的妻不时检视他有没有把孩子扶好。他们刚刚看完纸风车剧团的儿童剧《孙悟空大战牛魔王》，儿子乐得眼睛像两枚弯月。这是一个快乐的星期六。

他们从地下阶梯露出了地面，太阳出来了，仍穿着雨衣的人群手上摇晃着湿漉漉的旗帜，有人上前递一支旗帜给他，林志阳微感嫌恶地避开，儿子却伸手接下了。儿子开心地随人群摇晃旗帜，这时如果取走他手里的东西，他必定要号啕大哭。他尴尬地快步穿过人群，让一个随队伍倒退的女人撞上了。他放下孩子弯腰捡起儿子手上掉落的旗帜，却在混乱里瞥见一张熟悉的脸。他拨开群众向前挤进，那身影被浓浓的人群淹没。妻跟上来口里埋怨着:"干嘛往人群里头挤啊!"

怎么转眼间她就不见了?匆忙间,只看到她一身白衣黑裙,眼眶里含着泪水,神似她高中时的模样。他一点也不意外她来这里抗议。那年台北市长选举,他挺扁,她挺赵,两个人见面就吵嘴。但是他喜欢看她激辩之后,整个脸涨红的模样。

市长选举完的一天,两人在路上碰到了,她调侃他,"你心情一定很好喔?"他一脸茫然,"为什么?""陈水扁当选啦!"他摇摇头:"可是陈定南落选啊!"她一拳搥在他肩窝上,"很贪心喔!"两人一路抬杠到纪念堂。这是他俩念高中时经常散步的地方,有些话,那时他总没有勇气说出口。她高中时就开始谈恋爱了,第一个男朋友也是他们建中的,他听她当笑话般地说,有一回说着说着竟大哭起来。上大学后,她再次的恋爱。多少次了?他总是听,可是那个暑假,她就要去德州奥斯汀念书了。他说:"等我当完兵,也申请奥斯汀,去陪你……"

她仰着头看天空,"我好像看过一个作家说,从纪念堂的牌楼看天空,会觉得天空特别高……"

第二年,他去了美国东岸,在那里认识了小他三岁的妻。她呢?她好吗?结婚了吗?有孩子吗?

黎蕙老记得林志阳念初中的时候,总是边走路边背英文单字,她走在他后头,不时恶作剧地喊一声:"电线杆!"他假装没听到。上了高中以后,两人才真的熟起来。周末的时候,林志阳会到她家等她,他们从东门市场沿信义路往大忠门走,就只是散步。黎蕙的父亲会从后头追出来:"不吃水果?!"黎蕙母亲早逝,她爸父代母职,有时林志阳也在她家吃饭。他喊黎蕙的父亲"老师",小学五年级那年被他教过。那时他跟黎蕙同校不同班。他本来有点怕黎老师的，也就是一般好学生对老师的那种怕，后来见到他却有些腼腆。那年蒋介石逝世，黎老师在课堂上讲着自己随军来台的过程，突然激动地哽咽了。在那之后，他见到黎老师就有些莫名的尴尬。

黎老师一直挺喜欢他，从不介意他上他家找黎蕙。他们家对这种事看得很自然，黎蕙老幺，她哥哥姊姊见到他就只是朝门里喊一声："小蕙！志阳来了！"好像没有人对他的性别有异议。反而是他家，母亲知道他常往黎蕙家跑非常不以为然，不完全是怕他交女朋友分心，母亲说："黎老师人是不错啦，不过他们外省人太宠女孩子……"他啼笑皆非打断母亲："妈！黎蕙又没有看上我！"母亲更生气了："是为什么就看不上你？"黎蕙那时已经有男朋友了，是他建中的学长，被母亲一激，他有种难言的苦涩。

黎蕙大学去了台南，林志阳在台大，总要到寒暑假才见得到面。见面时两人仍然往纪念堂的路上散步，像监工似地，一年一年看着两厅院兴建的进度。两厅院落成时，黎蕙已经在杂志社工作了。林志阳去"清大"念研究所，他们家被收购改建成大楼，得到建商一大笔钱，到新店郊区买了独栋的别墅。偶尔黎蕙打电话要他回台北，她常拿到两厅院的公关票。

那天从音乐厅出来，他俩走到光华池，远处有几个人静静地压腿、回旋，正练着某种舞姿吧。黎蕙笑着说："你看这个纪念堂跟两厅院！""怎样？""好像一边在办丧事，一边在办喜事！"黎蕙已经是社会人士了，他还是学生。黎蕙对许多事情变得激情，意见多，他却淡然。

又过两年，他俩走过中正纪念堂，黎蕙口口声声说的是学运的事。静坐的人已散去，黎蕙却还没醒来。她进报社跑新闻，起初跑音乐，一位国乐唱片商把侯德建弄回台湾，在纪念堂前开了记者会。黎蕙在那次报导后转调路线，改跑政治。"你知道吗？国乐跟政治本来就是很接近的，从以前《黄河》被禁，到俞逊发这些人能来，哪样跟政治没关系？"黎蕙深吸一口气说："味道不一样了！前阵子这边有 6000 个大学生，你知道 6000 个大学生聚集在一起的气味吗？"林志阳说："我上过成功岭，怎么会不知道！"

林志阳忙着考试，野百合的 3 月他已念完机械研究所，当了科技预官。科技预官役时间虽长，但轻松，那几年里，他像杀红了眼，先是又去考个 MBA，国内最强的几个硕士班全部上榜，他选择了政大，一边念书，一边又考上了高考。他连中小学教师资格也考，他说好玩，还去上了课，拿到了资格，被黎蕙骂得臭头，"你占人家这个名额觉得好玩？你知道有多少人考试考得头破血流！"林志阳是她见过最会考试的人。

当野百合的热闹过去，黎蕙惘惘然看着这座蓝白相间的宫殿陵墓，学生们唱着台湾、曹族民谣的歌声，"同胞们，我们怎能再容忍七百个皇帝的压榨！"的布条，隐隐都还在风里摇晃，她的爱情已经埋葬。那个从台中来的学生领袖，小她三岁的硕士生，回到了他的生活里——尽管他的生活已全然被改变了。他们甚至连分手都没有明说。当她在人群里，迅速笔记着"校际会议决定继续全学联之组织工作……追求民主，永不懈怠……"，遥望着人群里他的侧脸，那一刻她觉得自己看到的是舞台上的他。她遥遥以口型对他说"Bye"。学生们没有回来。多年后她在另一个政治的舞台上看见昔日男友的脸，她忽然非常非常想念她的老朋友，想念她曾经问他："为什么你只对读书感兴趣？"而他回答："我这种人，才是这个社会坚实的基础。"她困惑地想起林志阳说这话时的严肃表情。

那一年夏天，黎蕙厌倦了工作。出国去吧，她和林志阳站在"大中至正"的牌楼下，"我会很想念这个……坟墓还是公园？！"她笑出来。志阳问她打算出去念什么，她耸耸肩，"其实不知道自己真的想读什么，想做什么，就是不知道才要出国想想。"她已经拿到奥斯汀大学的I—20。志阳说，"等我当完兵，也申请奥斯汀，去陪你……"她仰头看着天空，不敢低头，她知道他正盯着她的脸。她觉得自己好像已经历尽了沧桑。她的爱情总不长久，她默默想着：自己一定有什么地方有问题？

林志阳终究没去奥斯汀，他考取公费留学，申请了东部一所长春藤联盟的大学。黎蕙并不意外，他们注定要错开来。从高中的时候，她偷偷地喜欢着他，却总听他问起她们初中班上最漂亮的那个女生的事，她就知道他们错开了。

回国这几年里，黎蕙写了几本书，却都是别人的故事。她写过女明星、画家、棒球明星……她写他们的悲欣故事，藉文字进入他们的灵魂。她是一名文字的灵媒。

他肩上顶着一个可爱的小男孩，身后一个女人喊着他。她转身快步走进深深的人群，没看清他的妻的长相。她害怕这一段时间累积的泪水会在他的面前决堤。她的前一段爱情已在半年前结束，她的爸爸走了，她反对的扁军赢了，她快满40岁了……40岁是不是一个交界点？所有的坏事都会在这个时候到来？40岁以后的伤口，还能够痊愈吗？

远看只大她四个月大的他，却那么平和。她一直羡慕他，好像打从小学认识他起,他一直就知道自己要做什么、要什么,那么笃定。那必是与她DNA完全不同的另类人种吧?

但是那一天,他怎么会跑到纪念堂来呢?他不是挺绿的吗?何况即使当他们年轻时,野百合花盛开的年代,他也不曾对群众运动感兴趣啊。难道他改变了吗?是两颗子弹的威力?他真的改变了吗?

纪念堂是一块蓝白相间的回忆。林志阳还记得有一次黎蕙在云汉池边喂鱼时,滑了一跤,差点跌进池子里,他实时拉住了她。他常常想起,那时候为什么不乘势握住她的手、亲吻她呢?可她终究还是会离开吧!她总要去追求注定不能长久的激情。而他的家庭对他的要求无它,就只是一颗上进心而已。

他的人生,一切正处在最好的状态。这半生,他努力过,冲刺过,念完了博士,等到了位子,今年刚满40岁,升上了副教授,拥有一个健康聪明的男孩,休闲时打打高尔夫、陪陪家人小孩。自我感觉良好,是的,一切都在最好的状态。黎蕙现在怎么样了?那天她消瘦的脸颊上看得出疲惫。这些年来她过得好吗?他知道只要上Google打上黎蕙两个字,就能捕捉她的动态,她有一支健笔,不可能停下来。想想,却还是算了。曾经只要和她走在一起就有种幸福感,现在对他来说,幸福,是午夜里一个人安静地读一本喜欢的书。

纪念堂对他的意义,就只是青春岁月里唯一的浪漫。他想起那天哑然望着推挤而去的人群时,心隐隐地抽痛了一下。

心隐隐地抽痛了一下。午夜,静静回首自己的人生,他慌乱地把书合上。

纪念堂的风特别大,特别冷冽,在这里冻结的激情似散不散。想起志阳弯腰捡起旗帜、诧异望着她的眼神，黎蕙的心头温柔地浮上单纯至极的两句诗：

  郎骑竹马来，绕床弄青梅。

电　梯

　　电梯是一扇时光之门，走进电梯，按一个秘密按钮，再走出电梯，就会到达想去的时光。小桐每一次走进电梯，总要默默环视整个电梯，紧密的四面八方，那个按钮一定藏在哪里，只有小孩子找得到，就像豆豆龙和小白点，只有小孩子才看得见。小桐已经9岁了，她要赶紧找到，再过四个月就是她的10岁生日，10岁以后她就长大，就再也找不到神秘按钮了。

　　可是今天走进电梯，有一张纸条吸引了她的注意力，让她无暇寻找神秘按钮。那是一张白色A4纸，黑色签字笔写得满满，每个字她都认得："小朋友，你把食物倒在我的鞋子里，那双鞋已经坏了，丢了，够了吗？请不要再把垃圾、食物丢到我们家门口，做一个好孩子！"她踮起脚尖，迅速把那张纸撕下来，塞进她书包里。然后抬头察看电梯上方的四个角落，"叮！"11楼到了，任务失败，她还是没有找到时光之门的按钮。

　　她走进2007年10月16日的家，家里没有半个人，妈妈还在阿嬷家吃饭，要她先回家洗澡。妈妈每天从安亲班把她接回来，她们在阿嬷家吃了晚饭才回家。阿嬷家就在同一栋大楼的14楼，以前大人从来不让她自己一个人搭电梯，现在她长大了，妈妈会让她自己先拿钥匙回家，有时候也会让她自己到一楼去丢垃圾。他们家厨房有两个双层垃圾筒，倒垃圾时除了宝特瓶是要捐给慈济，其他要分成三袋来丢，很麻烦，妈妈把宝特瓶、便当盒丢弃之前甚至还要先冲洗。有一次小桐丢完了垃圾，发觉自己把铝箔包和一般垃圾两袋丢反了，可是社区的大垃圾桶太深了，她拿不回来，只好假装不知道，不管了。

她从书包里拿出刚才在电梯里撕下来的纸条，那是大人写的纸条。她把那纸条撕碎丢掉。

她拿出一堆的功课，每天都有一堆，在安亲班做不完，因为安亲班的老师也会出功课，她只好带回家继续做。最讨厌的是英文作业，她写得很慢。有一次在课堂上，老师要他们抄单字，她一笔一笔画着，全班都写完了，只有她还没抄完，老师就擦掉了，她急起来，向隔壁的李敏诗借来抄，李敏诗说："你是猪啊！"她一气就把李敏诗的本子摔在地上。

她被老师罚站，眼泪一颗一颗滚下来。她讨厌上英语课。刚转学的时候，有一个老师测验她的英语，这所学校的英语课采能力分班，小桐读过双语幼儿园，口语不错，就被分在 A 班，其实她会说不会写。

从前在幼儿园的英语课很快乐，那时小梧跟她在一起，老师最喜欢她们两姊妹，常常努力分辨"你是 Emma？你是 Rita？"一猜错，她俩就咯咯笑。她俩是同卵双胞胎，连爸爸妈妈都常常分不清楚。

小梧被爸爸带到上海去了。差不多一年半前，爸爸妈妈离婚了，小梧有了新妈妈、新弟弟，整个世界都变了。小桐很庆幸自己没有换妈妈，也没有再换房子。可是妈妈要她转学去读全美语私立小学，她每天要好早就起床。她问妈妈为什么要转学？妈妈说，她只有她一个小孩了，她要给她最好的，而且不能让人觉得她没有把她教好。

有一回妈妈肚子痛，她额头满满的汗珠，小桐吓坏了，跑到楼上找阿嬷。医生说妈妈得了慢性盲肠炎要住院，但妈妈说她那几天真的不能请假,她公司好多事情一定要自己处理,不能交给别人。她忍着痛坚持回家。

小桐写完功课已经快 12 点了,赶紧钻进被窝里,明天一定又要爬不起来了。妈妈在客厅里看电视还不睡,妈妈常常失眠,她说早睡也没用,而且每天只有这个时间可以轻松一下,她有时看看书,有时看 HBO 电影台。

早上走出电梯的时候,看见一楼的老太太气呼呼对每个经过的人说:"不知道是哪家的小孩,捞我水缸的鱼!看!"她指着水缸边的鱼尸、被捞起的台湾苹蓬草、迷你睡莲、菱骨瓣莕菜……那些水生植物现在像搅成一团的渔网,晾在干地上。

妈妈只跟老太太点个头,发出一声叹息便快步拉她走开,她们必须赶紧去开车才不会迟到。路上小桐告诉妈妈,"我知道是谁捞的。"她说是 3 楼那个也读三年级的男生。妈妈不信,她说,"小宾吗?他很乖呀!"

"他们在拜鱼。"

"什么?"妈妈根本不知道小桐在说什么。

那是男生自己跟她说的,他们把鱼捞上来,然后玩一种拜死鱼的活动。妈妈还是听得有点迷惘,也许是因为她现在的心思本来就迷惘。

拜鱼,会得到更多能量,面对敌人时,会有更多滴血可用。大人不会明白。

英语课,老师问小桐火鸡怎么拼?她回答:"Turkey!"火鸡是感恩节的食物,幼儿园老师教过。"怎么拼?"小桐重复说:"Turkey!""你文盲啊?会说不会拼!"全班笑得好大声。小桐眼泪一颗颗滴下来。

第三节课上课前，小桐向抽屉里寻找数学课本。课本沾了油油的东西，是奶油面包吃完的塑料袋。又有人把垃圾放在她的抽屉里。她向四周望出去，大部分同学都还没进教室，教室里，跟她说过几次话的刘兰心和长头发的萧雅云头靠得很近，在说着什么。李敏诗和三个女生围着看手机上的什么东西。李振、杨宝迪都低着头在Game boy上奋战。毕乃成静静读着什么书。陈鼎言在画迷宫，两个女生想看，被他喝斥："你们很烦耶！"……走廊上，有人的视线与她接触……是导师。小桐无助地望着导师，她一点也无从判断，是谁把垃圾放在她的抽屉里，她奋力把快要流出来的眼泪逼回去。

　　妈妈来接小桐。导师请妈妈留步，她们站在走廊的一头说着话。

　　走向停车场的路上，小桐问妈妈老师说什么，妈妈只叹口气说："你不能老是用哭来解决问题啊！老师是没说什么，只是问我你是不是从小就喜欢哭，我说没有啊，你们，你，小时候乖得像天使！"

　　你们，小桐听到了这两个字。以前别人对她说话，几乎总是用这个复数人称，"你们叫什么名字啊？""你们饿不饿？""你们钢琴练了吗？""你们功课写了没？"以前时时刻刻跟小梧在一起，从来没有人敢欺侮她们！小梧现在呢？也会有人把垃圾放她抽屉之类的吗？

　　帮阿嬷倒完垃圾，经过老太太的水缸，早晨缸边的鱼尸、睡莲、苹蓬草都不见了，深深的鱼缸空荡荡的。她朝3楼男生家的窗口望一眼，只看见一盆螃蟹兰垂下了红艳艳的花。整个大楼静极了。

电梯里白色 A4 纸又出现了，小桐快速把它撕下来、塞进书包。她的心怦怦地响，好像要跳出来。

才走出电梯，就听见从一种温柔的嗓音拉高而显得急切的叫喊："妹妹你不要走！"

小桐快步跑回家门口，还来不及插钥匙，隔壁阿姨已经跑过来了，拎着一只鞋子，鞋子里是满满的蛤蜊壳。"妹妹，我知道是你放的，可不可以告诉阿姨你为什么要这样做？"小桐转身就跑，"为什么要把垃圾放别人的鞋子里？一定有原因，你跟阿姨讲，阿姨不会告诉你妈妈……"电梯叮的一声打开了，小桐躲进电梯。电梯！电梯是一扇时光之门，可以把人带到想去的时光。"妹妹——"电梯门合上，小桐心怦怦地跳，啊！找到了，秘密按钮！找到了！小桐闭上眼睛，默默念出爸妈离婚的前一天：2006年、2月、8日！2006年、2月、8日……

忠 孝 东 路

我跟随着一个女人的脚步，从顶好名店城转进小巷，走着走着，她的身影竟然在我视线中消失了。怎么可能？我四下张望，下午3点的忠孝东路巷弄，出来吃食的人已经回去上班，逛街的人还没出来，意外地安静，人影却无端从眼前消失了？迷惑着走回忠孝东路，留小胡子的男人对我招了招手，我下意识地走开，不过几步路，又一个精瘦的中年男子对我招手："小姐，我给你一个忠告……"不知道是从哪一年起？忠孝东路这一带变成了算命师的游牧地。我记得他们以前集中在重庆南路，是那里出没的人不再需要忠告了吗？我盯着瘦男子看几秒钟，看他能给出什么忠告，他倒意外地不说话了，也许是被我看得忘了台词吧？看他愣住了，我却产生一种怜悯，他仿佛回过神来："小姐——"我坐了下来，不知道是出于同情，还是其实不想离开这一带，想看看她是否会从巷子里蹦出来？

我怀疑我跟踪了一小段路的那个女人是我的亲阿姨，惠子。

我曾遇过一个男人，他喜欢用"家族"这两个字，当我偶然脱口对他说过我有个信了神秘宗教而后失踪的阿姨时，他说："你的家族里面，一定具有某种神秘倾向，所以会出现你阿姨这种人。"

什么叫做"这种人"？他的"家族"两个字也令我不快。

我曾在杂志上看到关于他的家族的报导，在他高祖父的时代，他家的土地有一只鸟可飞的距离那么远，可是逐代败下来了。不过残留在他身上的家族优越感并未消失，譬如从他口中，他的母亲、外祖母、阿姨……当年个个都是大稻埕第一大美人，我便问道："那么你妈妈跟你阿姨，谁才是第一呢？"他生气不回答了。他家中若有什么人具有某种才艺，他便说是遗传自他的哪一位叔公，连他在感情上的放荡也声称是遗传自他的祖父。总之，他是一个遗传学的最忠实信徒。

"家族"这样的字眼使我困惑，我爸爸是孤儿，我曾问他我的祖母叫什么名字？他说"赵氏"，他的母亲没有名字。我们笑他："原来你就是赵氏孤儿啊！"我们在大陆虽有几个零落的亲戚，可我没见过他们，也不觉得有什么感情，连我爸爸自己也几乎如此。我爸去过大陆一次，回来说他兄弟的几个孩子现实的现实、不学好的不学好，我感觉不到他们的血液跟我们家的孩子有什么共同性。

至于我母亲那边，小时候是比较亲的，可是因为穷，你不会听到哪一户穷人家开口闭口"我们家族如何如何……"我外公是个木匠。

我在他母亲面前提起过外祖的职业一次，忘了是为什么，当我说，"这我知道，因为我外公以前是做木的。"他母亲的眼睛里闪过惊奇，我大学主修钢琴，以教琴为业，她以为我来自音乐世家。

我很想逗逗她，我想，我的性格里有一种残忍的诚实，明明只要不多说什么，很容易装模作样，却偏要去戳破它。我说："舅舅也是木匠哟，只是他不好好干，整天沉迷钓鱼。""我妈妈做家庭手工做了大半辈子……"她尴尬得连话都答不上来。就我知道他们家虽然是不比从前了，可是寡居的她，如果儿子们没时间接送她出门，除了出租车之外她是什么公交车都不懂得坐的。

她一辈子不曾工作，做塑胶花、穿电子、缝毛衣？那是她想象力之外的生活。

"小咏还有一个阿姨信了一种很奇怪的宗教，就跟他们家族脱离了。"那天我们坐在他家和室里喝茶聊天，他忽然这么打岔，他就是忘不掉我的阿姨！还好他母亲津津乐道于茶艺，对"奇怪宗教"毫无兴趣。然而我真正没说出口的是，从前外公家就住在这同一栋公寓，如果外公一家没有搬走，跟男友家就是邻居了。世事就有那么巧！我第一次到他家时，简直以为他打听到了什么，故意跟我开玩笑，甚至他掏钥匙开了门，我都还满腹狐疑。

阿姨跟外公外婆搬走已好多年了。我最后一次见到惠子阿姨，距今已经十多年了，那是在母亲的丧礼上，她远远在角落里站着，很快就走了。只对我说了一句话："你妈妈这辈子命苦！"我听了感觉不大舒坦，这好像是在指责我爸没有给我妈幸福，还是儿女不孝。

讽刺的是，"惠子命苦！"才是我母亲生前提起她的发语词。

母亲说惠子小时候得到大街小巷去卖油条，她是个自尊心很强的女孩子，总是在提着篮子回家之后偷偷地哭。我妈没去卖油条是因为她要负起挑水、起灶、煮饭等等更沉重的工作。

国小毕业时我妈成绩优异，家里却不让升学，老师到家里来说情，她躲在厨房口哭，眼睁睁地看着老师被礼貌而坚定地请出家门。母亲毕业后去工厂做女工，17岁就嫁了我爸，这个外省、吃公家饭的。

而阿姨惠子却一路在我父母的供给下念到大学。高中念北一女，当过校仪队。大学日间部考上一所私立大学，为了不加重我父母的负担，她选择了台大夜间部，一上大学就开始半工半读。

我还记得我很小的时候，家里有时会来一个皮肤黑黝黝的男人，我叫他黑舅舅，那是惠子阿姨在大学里交的男朋友，他是台大日间部的学长，不知怎么认识的，阿姨连参加社团的时间都没有。我依稀还有个残留的印象，有一次我在巷子口见到他，兴高采烈地说："黑舅舅，我们家有养鸡哟！"他向我眨一只眼睛，表示"少盖了，我才不信呢！"。我牵着他的手到院子里："你看！"对着笼子里的一窝小鸡他也吓一大跳，蹲下来看了好久。阿姨走出来，跟我们一起蹲在鸡笼子前，三个人参禅似地默默注视笼里的小鸡。多年后，在高三时第一次有个男生握住我的手，从我手心里，竟传来了当年那窝淡黄色小鸡的温度。

　　黑舅舅家开建设公司，一直到现在，每当我读报纸翻到财经版时，都还会莫名其妙地去瞄一下他们家公司的股价。黑舅舅当完兵就被家里送出国深造了，他后来娶了一位银行家的女儿。

　　黑舅舅出国时，我们家的那窝鸡早就吃下肚里不再养了，妈妈到邻近的冷冻工厂上班，没有时间照料鸡了。那是我记忆里惠子最消沉的一段时光，本来就苗条的她在两个月里消瘦六七公斤，整张脸就剩下一对浓眉和哀愁的大眼睛。她大学毕业后本来教书，黑舅舅走了，暑假中她辞去教职，剪去及腰的乌黑长发，回到她大学时代打工的公司去当董事长秘书。陆续我也看到过几个"舅舅"，可是都是交往一段时间就忽然无疾而终。我开始听到大人们说是因为惠子的颧骨高什么的，每当进一步要论及婚嫁，对方的家庭就反对了，她"未来的婆婆们"从没有一个满意她。

　　我念初中时，惠子阿姨买了一部很拉风的白色雪佛兰轿车。一个女人开着这样的车在二十多年前是很招摇的，亲友们纷纷传说那车是惠子的老板送给她的,惠子气得大摔家具:"我辛辛苦苦工作这么多年,买一部车又有什么稀奇?"那时她已不做秘书了,在那家成衣公司升上了襄理。

阿姨带我去过她的公司,她的同事们纷纷惊叹,"长得真像啊!"有人还打趣她:"不是你偷生的吧?"我也有着较高的颧骨,但不知是不是还有点婴儿肥,没有阿姨那么明显,我的浓眉确是跟阿姨神似,个子国三就赶上阿姨了。姐妹中我的身材跟阿姨最相似,有一天我的邻居问我:你为什么都穿得那么老气?因为我总穿阿姨淘汰给我的衣服。我学钢琴时已经是国小四年级了,算是相当晚才起步,那是阿姨出钱,坚持要我学,没想到我真的就一路念了音乐。我是老么,阿姨最疼我,似乎疼得想要改造我的命运。我还记得高二时,有一次家政上烹饪课,老师示范摊蛋皮,她摊得又圆又薄又完整,许多同学大声惊呼,我觉得太夸张了,"不就是摊蛋皮吗?"我竟说出了口,家政老师抬头迅速敏锐地瞄我一眼,没说什么。那学期我的家政课成绩69分,除了我,全班没有人低于80分。即使妈妈帮我做了一条像模像样的四片裙拿去交差也无济于事。阿姨听见此事,却从鼻子里哼了一声:"69分又怎么样?你本来就不是摊蛋皮的命!"

我舅舅的工作三天晒网两天打鱼的,那时奉养外公外婆的责任都在阿姨身上。她在忠孝东路四段巷子里买下一层公寓的顶楼。那时东区刚刚兴起,从年年淹水的三重破落地区搬到这地段让很多人眼红,惠子的老板要包养她的说法在亲戚之间就更炽艳了。

阿姨最亲的不是我外公外婆,反而是我妈。她手头阔绰了,便老拖着我妈上馆子。以前我妈总是说:"还是自己家做的好,外面的东西哪有那么实在的料!"我已在念大学的大姊有一次就忍不住反驳她:"你老说外面的东西不好不好,怎么不出去吃吃看哩?"自从跟着惠子阿姨吃过一些上等馆子,她回来再也不那么说了。

还记得有一年过年,照说女儿初一是不能回娘家的,可是惠子阿姨发起嗔来,才吃完年夜饭,非要我妈回去打麻将,外公外婆也都让她,只在一旁发笑:"你大姊呐回来阮就用扫帚给伊扫出去!"那时哥哥姊姊都大了,我也上了高中,妈妈的担子轻多了,乐得整天回娘家混。那两年里外婆家每个周末都热闹得很,经常打麻将通宵达旦。

我妈还是忧心惠子的婚事,会唠叨她:"工作是不错,也要存一点嫁妆钱,要是有人介绍就去看一看,眼光不要那么高……"阿姨不知是烦乱还是无奈,低低地答一句:"现在谁还帮我相亲呢!"

而后,惠子忽然迷上了算命,拖着我妈到处陪她去算,面相、手相、摸骨、八字、紫微……她并且自己买书研究。怪的是,那些算命先生倒没提什么"女人颧骨高,杀夫不用刀"之类的鬼话,却几乎每一个都说她是小老婆的命,阿姨不信邪,再去找更多的人算,做小的、做小的……各个都这样说。

我大学时,有一次参加钢琴比赛在台下遇到一位会算紫微的先生,他帮我排了命盘,我拿回家给我妈看,她勃然大怒:"以后不准再去算什么命!"我伸伸舌头:"只是碰巧遇到的嘛,又不是故意去找的……""碰巧也不要算,你阿姨这辈子就是算命算坏的!"

惠子阿姨对婚姻算是差不多绝望了,却在这一年她遇到一个香港人，也是作生意的，往来于台湾、香港两地。他个子比惠子还矮一点点，年纪也小她一岁，但是个性活泼，有点蹦蹦跳跳的。

我爸说他虽不是很庄重，看上去也比惠子年轻太多，不过人很诚恳。我妈是根本不觉得他有任何缺点，他能逗得大家乐呵呵的，"惠子从小吃苦，要是嫁给他不就好命了！"而且他十分"洋派"，对于什么面相根本就不懂，在大家眼中，他简直就是惠子最后的希望。惠子阿姨那一年已经三十六七了。

却在我们都不知道如何发生的情况下，惠子突然沉进一个在我们看来完全莫名其妙的宗教世界。这一回，惠子是主动跟男方分手的。香港仔跑到我们家来，反复问我妈妈：到底为什么？妈妈什么话也答不上来。

惠子阿姨每个周末往南部跑，男朋友没有了，对工作也不再热衷。但外婆家倒也不冷清，突然变成了教友的聚会所。

妈妈去看惠子，回来说她每天都在练一种很特别的打坐，打坐一段时间之后身体会不由自主地跳动，听说打坐完，全身感觉无比地舒畅。她要我妈也试试，我爸知道后就不太高兴我妈再往娘家跑。

有一回我们一起去给阿公做生日，大家正热闹着，阿姨却一个人躲进房间里，因为打坐时间到了。众人走后，我爸试图对她晓以大义，她眼神闪着光彩："说了你们也不懂，打坐的时候，我的心里会浮现好美的诗句。"而我那毫不风雅的父亲却说："那可以当饭吃吗？"

"你没有福气！"我外婆突然从一旁打断，把我爸的话给堵了回去。看来外公、外婆对于惠子的宗教也是支持的，而我爸则说那是因为他们在经济上已经依赖惠子习惯了。

"他们是给她下药还是用什么迷魂术？怎么一个台大毕业的知识分子会去相信那样的邪教？"每当我爸这么说时我妈便生起闷气："你怎么知道那一定是邪教，惠子会相信一定有她的道理。""有什么道理？好好的女孩子，不是那个教，惠子跟香港仔现在说不定都已经结婚了！""谁说女人就一定要结婚？"我妈忽然这么嚷嚷，连我们都吓一跳，这实在不是她平常的论调。

我感兴趣的却是惠子阿姨在打坐之后脑子里竟然会产生美好的诗句，那是什么样的打坐？我后来看过他们打坐，一屋子的人身体跳动起来，那感觉很恐怖，并没有半分诗意。我外公、外婆也跟着打坐，但是"跳"不起来，正在努力学呢。

那宗教像一般民间宗教一样，烧香、拜各式各样的神，而中心的主宰，就是天。天虽然看不到，但是教主能通达于天，所以大家就敬称他为"天"。他的指示，大家都说是"天"的指示。

惠子阿姨辞掉工作，带着外公、外婆，还有舅舅一家搬到六龟乡下投奔教主"天"的那一年，母亲恰好病了。妈妈摸到乳房上的硬块去医院做了化验，医生说要等几天结果才会出来，刚好阿姨邀她一起南下她便跟去看看。那一年我高二升高三，正在拼联考。

妈妈跟下去没几天就被爸爸急如星火地找回来。不是因为那宗教，是因为母亲的切片化验出来，是恶性瘤，并且已经第三期了，但爸没让我知道，后来想到这，其实那时我已经不小了。母亲立刻动了手术，接着做放射治疗，头发全部掉光了。而这期间，阿姨、外公、外婆、舅舅都不曾来探视。

我不确知是因为病，还是母亲在乡下看到了什么，总之她几乎不谈惠子在六龟的事。我在病床边找话聊,问母亲他们住四合院房子吗?她摇头:"住透天洋房,比我们住的还要好!"他们以什么营生呢?靠教徒捐献吗?母亲只淡淡地说那教主有一大片果园,并且还作生意,在南部公司规模不小,"大概是看上惠子的商业才干吧!"然后便不再回答我的问题。

手术完没多久,母亲很快就回复日常的忙碌,什么家事也不要别人插手,好像不曾病过一般。半年后,外公突然带着一口行李箱来到我家,他一见到我母亲就呜呜呜地哭着说:"惠子给人家做了小!"母亲低低地跟大姐说了一句:"早知道有这么一天,宁愿当初跟了她老板算了!"又忽然说:"读那么多书有什么用!"大姐在台大外文系念研究所,愣愣的不知道怎么接话。阿公跟我们住,但是整个人变呆傻了,再不像从前大嗓门骂人,甚至怎么逗他都不大肯说话,像是受过极大的打击。

妈妈的病撑不过三年就走了。同一年,阿公也忽然验出了肺癌,不到半年就撒手。

后来有时吃酒席时,邻居们总喜欢打探惠子,我们一问三不知,邻居阿姨们便重复着这样的评语:"没有良心!你妈当初那么疼她,连出殡都没有来!"其实阿姨有来的。她丢下一句:"你妈妈这辈子命苦!"就匆匆离开。什么才是"苦"呢?我有好多问题想问阿姨,你过得好吗?外婆呢?难道都不想念我们吗?……究竟为什么选择那样的人生?

然而外公过世的时候,阿姨真的没有来,连外婆也没来,对这一点我爸气得不得了:"什么样的宗教可以让人六亲不认,连自己爸爸、丈夫都不要了?"我猜想外公离开她们"逃"回台北时,必定发生过很激烈的争执或是极难堪的场面吧。对于惠子,外公和母亲有着完全一样的沉默。

妈妈和外公前后脚离开人世，惠子阿姨跟我们家等于完全脱离干系，家里再有大事，譬如哥哥姊姊们的婚礼，她当然是都不会来了，我不曾再看过惠子阿姨。舅舅听说早脱离那个宗教，却已不知所踪。这么多年过去，父亲也在前年过世了，我怀疑外婆是否还在人世？我算不出她的年龄。每每在报上看到南部乡间某异教一夫多妻、某教派集体自杀、某教派不让教徒孩子们接受义务教育，教徒中甚而有科技新贵、高学历者等等耸动的新闻……都会激起去探访的心，却不曾付诸行动。

那年偶然跟男友提起过有这么一个阿姨，他竟感到兴味盎然，提议"我陪你去南部找她看看怎么样？"，我不睬他，他便说："你怎么不像你阿姨？一点好奇心都没有！"阿姨是我心中一个始终难解的谜团，但我没办法接受男友那种探奇的口吻。又或许我其实并不想弄清楚。

我和那男友后来分手了，在我发现他同时追求我们班的第一把小提琴手之后。那年，我瘦成了阿姨的模样，我神似阿姨的颧骨，把我的挫败感完全暴露了出来。

父亲过世后，哥想把房子翻新，我回去整理旧物时，翻出橱子里塞着的惠子阿姨大学时代的旧书。不可思议地竟翻出了六七本笔记，里边全部是诗，端端正正的钢笔小字已经有点儿泅开了。我从来没有把从商的惠子阿姨，跟我所认为的文艺少女的形象联想在一起过，这类近于阿姨后来打坐时萌生的世界吗？

有些诗，看来是写在跟黑舅舅分手之后。我咀嚼着那些诗里的意象，雪山、荒径、断桥、黑色泥浆、裸露的河床……这些词汇，怎么说呢？有些诗，不停地写着马戏团里的东西，钢索、单轮车、火圈、飞刀、空中飞人……好奇怪，我后来有时改口对人说，我的阿姨，跟着一个马戏团走了。

在我几乎遗忘这世间仍有这个阿姨存在的这个午后，我休一天假，吃过鼎泰丰，走过顶好、二手名牌店、指甲彩绘小铺，走过巫毒娃娃的小摊，我随手拿起一个眉毛画得很浓的巫毒娃娃，忽然一阵颤栗，急急放下。下一个摊贩让我眼睛一亮，我在那摊前驻足良久，那不是衣服、首饰、皮包，竟是一颗颗大西红柿、红黄绿色的青椒、南瓜成列排放，那样鲜艳，仿佛一项前卫装置展，让视觉燃起一种喜悦，不可思议的忠孝东路呀！我的心，明朗了起来。下午4点，我必须到医院报到，我传承了跟妈妈一样的病，乳癌。三年前超音波发现肿瘤，切片结果出来时，我看着医师熟练地在一张纸上画出乳房的形状、标出病灶，对我说明病情，他语带责备："你早就该来检验！你的家族有这样的病史……"我茫茫然咀嚼"家族"两个字，不知怎么竟连带想起了那分手多年的男友。当年在他家和室里，他说着"小咏还有一个阿姨信了一种很奇怪的宗教，就跟他们家族脱离了……"那泡着茶、仪式繁复的画面仍旧鲜明。

家族，遗传的灾难，灾难的遗传？

我和妈妈一样，极平静地接受。不同的是，我已度过手术后的第三年。三年了，上周做了一连串的检查，胸部X光、乳房摄影、乳房超音波、血液、腹部超音波……像学生考试，今天结果会揭晓，告诉我有没有复发……

"你不会有正常的婚姻，不会有小孩！"

"什么？"我被这话吓了一跳，回过神来看看眼前这个精瘦的男人，他语重心长地说："你的感情总是无疾而终对不对？"

"我……"

"你想知道你的感情会不会有结果，"天知道，我只想看我的医院检查结果！

"你会有钱，一辈子不愁吃穿，可是……"

反感起来，我说："做小的命，是不是？"

他一时语塞，坦白说，就一个算命师而言，他的口才、反应力实在都不怎么高明。不过他真的很努力，打起精神像一个敬业的保险推销员，即使明知对方不想买这个产品，仍然要把他所受的训练、必须说的话说完，"……命虽然是注定的，运却可以改，看你懂不懂得掌握机会，"我知道，他的免费忠告已经说完了，接下来就是提出改进方案，要谈价码了。我先开口吧，"要多少钱呢？"都坐那么久了，好像总要给人家一点钱吧。他像是被我的爽快打乱了程序，想了想才说："平常我的红包至少是6000，不过……"开玩笑！我打开小钱包给他看，里面只有一张千元大钞。其实我的钱都在皮夹里，当然他不知道。

他显得非常意外，叹口气，"就一千块吧！结个缘。你是一个很特别的女人——"没等我表示可否，他已经拿出笔来在一张红纸上记录重点了，我茫然听他说着床要移成什么方位，床垫底下铺什么红布，床头放什么水晶，要拜绿度母还是咕噜咕咧佛母……

当他把红纸递给我时，我掏出那张刚才秀给他看过的千元大钞，也许对于自己对他所做的努力表现得心不在焉、不够尊重而隐隐感到些微的抱歉吧。然后我快速把红纸对折再对折塞进口袋，没听他讲完最后的场面话就急急离开，奔向我刚来的那条巷子。我又看见了惠子阿姨，这回我一定要追上她……

我走到一家尼泊尔店，啊，我那些手染的棉麻衣物早都送人了，不然就丢进旧衣回收箱了呀……转角是西藏屋……这是我周末的寻宝之地，不对，这些店，分明是卖日货、韩货的小饰品，这一家，下午不是摆满了 Anna Sui 的小钱包和背心吗？我在这家西藏屋里买过一个镏金戒指，上面镂刻着梵文，有好几年我每回出国时总要戴上它，虽然我根本不知道上头刻的是什么，却觉得它给我一种神秘的安全感。只是那枚戒指也已经不知道丢到哪儿去了，不对，那是快二十年前的事啦！这里怎么回事？阿姨呢？我刚才听着那算命师的唠叨时，分明真的看到了她的脸，那浓眉、大眼、乌黑的长发……不对，阿姨应该几岁了？我怎么错乱了？这是什么地方？这是二十年前的忠孝东路啊！我迷惘地东转西转，竟走不出这些巷子……

我走到了这一栋公寓前，是了，就是这里。我听见了喧闹，听见麻将清脆的撞击声，听见妈妈被阿姨搔痒歇斯底里的笑声……听见茱儿芭莉摩唱的"Way Back Into Love"……不对，这是我的手机铃声……我在哪里啊？把手伸进口袋，我摸到刚才算命师给我的红纸。惠子阿姨也曾经从算命者手中接过一张又一张这种命运的符咒啊……"All I want to do is find a way back into love……"

接起手机，眼前那公寓大门霍然打开，我急急转身，走了十几步才敢回头，那是一个中年男人的侧影，表情有点愤世……心脏一阵狂跳，他，已经是一个沮丧中年人的样子了啊？不，我想，那并不是我认得的人。可我真的能认得吗？在十多年之后？又或者我已回到当年的公寓前？他还年轻，有一张过于自信的脸……手机里传来反复的喂喂喂喂——

是我老公，他的声音有点儿急切："你去看报告了没？"

美 体 小 铺

她们叫她菲比,因为她高挑的个子,善良、开朗又有点傻劲的个性,都像极了纽约影集《六人行》里的菲比,并且,她也是一名芳香治疗按摩师。她独力开设一家美容工作坊,取名"美体小铺",虽然这名字已经被知名标榜天然的化妆品连锁店使用了,她觉得自己所作的更符合这个名称,因为她的重点不在贩售商品,而是以她的双手,为顾客重塑美体,何况那也真的只是一个小小的店铺。她想反正这样一家小小的个人工作室,大公司未必会注意。

菲比的美体小铺可以为你从头到脚做全身的保养。做脸是最基础的,现在风气盛了,不像多年前菲比决定学习美容这一行时,母亲说:"你已经有一张脸了,为什么还要学做脸?"有些顾客固定每周来做一次脸,菲比会顺便帮你修眉毛,把你的脸打理得神清气爽。也有做全套的,加上身体的按摩SPA。菲比的音响永远固定在FM99.7爱乐电台,她的手指犹如抚琴般极有节奏地为你梳理全身的肌肤脉络。如果你有时间,她会建议你到浴室里泡个澡。如果你忧伤,她会为你滴上几滴甘甜清凉、让心情愉悦的迷迭香精油。如果你疲惫,她会给你保湿、修护、回复青春的玫瑰。如果你失眠,她给你舒眠、安定的薰衣草。如果你神经紧张,她给你身心放松的绿茶精油……

菲比不只是个美容师,更是一名心理治疗师。按摩的时候,她总是静静聆听你的苦水,就像个专业心理医师那样地听。譬如徐小姐,她是永远带着黑莓机、笔记型计算机的飞行游牧族,经常风尘仆仆地说："我刚从香港回来……""我刚从温哥华回来……"她不是空姐，却有着跟空姐一样的困扰，皮肤在长时间机舱中受难，身体在不断转换的时差里折损。孩子跟菲佣、婆婆、丈夫都比跟她亲。她是一名开疆辟土的无国界经理人，行遍天下大都会与人沟通没有隔阂，唯独在她的家里，总有难以跨越的国界。

譬如艳丽的刘小姐，已经逼近 40 了，一次一次被亲友策划的相亲，让她愈来愈觉得被羞辱，并不是相亲这件事羞辱人，而是对象！那些不是头秃了就是肚子凸了、言语乏味又口臭的男人们，让她愈来愈坚信女人是比较高等的人种。她说叔本华以"矮小、窄肩、肥臀、短腿"来形容女人的外形，他居然不知道女人的腿天生的比例是比男人较长的？她说男人对美不会有真实深刻的感受，除了同志，可是她又不能去爱一个同志！

譬如不到 30 岁的小余，每个月的薪水只够付银行信用卡的循环利息，可是还是要来做脸！她说做脸就像抽鸦片一样，每个礼拜都需要镇静。她最近剪掉了七张卡，只保留两张，一张一〇一，一张 SOGO 卡，她说："当我感到巨大压力的时候，还是需要宣泄的出口！"

譬如刚进入更年期的魏姐，跟丈夫离异三年了，除了已成年的子女，她所有的同事朋友都不知道，她仍是人们眼中好命安稳的女人。她的丈夫已经另筑新巢，她开始真正尝受空巢的危机；在经常莫名失眠的午夜，研读紫微斗数讲义，确认生命转折的验证。……

……这些事，只有菲比都知道。菲比听你说，给你安慰，以温柔的指端，犹如对待婴孩般的触抚让你平静。也许有心酸的眼泪静静滑到耳际，菲比不着痕迹地为你拭去。

菲比的工作室在热闹都市里一处僻静的角落，老旧公寓加盖的顶楼，没有招牌，只有门上一块木头牌子写着"美体小铺"。白天，整栋楼的邻居几乎都去上班上学，像废墟一般。

黎蕙爬上五楼，来到美体小铺门前，这是一位退隐的女明星推荐给她的。女明星曾是黎蕙笔下的传主，因为介入别人的家庭，被"踢爆"曾经整形，在观念仍守旧的十六七年前引发议论。淡出舞台后的人生，大半在对抗地心引力——不仅是脸颊的肌肤、尖挺的双乳，还有自己每站在高处便油然而生的一跃而下的欲望。黎蕙闻说菲比的工作室能使人全然放松，她已经几乎一整个月无法入睡。她的父亲在三二〇大选的前几天平静离世，五天后发生三一九枪击案，全岛陷入不平静的动荡，她的心在悲伤与悲愤之间摆荡。她爬上五楼，疑惑在这样一个老公寓里怎能生存着如此时尚的行业。美体小铺门一开，听见小约翰史特劳斯的圆舞曲，闻见佛手柑微酸的甜香，看见菲比的脸。"你真的很像《六人行》里的 Phoebe！"黎蕙说。

菲比为她做了全身的 SPA，然后在浴室里放好热水，滴几滴薰衣草精油，取出一个西红柿形状的计时器，倒转 25 分钟，督促黎蕙："进去吧！泡个澡你会很舒服的。"黎蕙站在浴室门口："是木桶耶！""你试试看，这种木桶更适合东方女人的体型。"黎蕙掩上门，拿掉身上的大毛巾，坐进木桶之中。娇小的黎蕙在大木桶中却可微曲双脚安坐着泡澡，是比家里的长形浴缸舒适，一般的大浴缸反而让身体没有着力点，如果坐着水又太浅。她闭上眼，听着计时器滴答滴答滴答滴答……竟而睡着了！

黎蕙每周都到菲比美体小铺来，在这里她每次泡澡都睡着，都在计时器的铃声中醒来。这段时间,她不是失眠就是作恶梦,她的一位好友在山上自缢结束生命,那是父亲离世、枪击案之后,对她第三度的震撼,她有时梦见自己的脖子套上环扣,在近乎窒息中咳呛着醒来。她喜欢在菲比的工作室里睡着,那短短的20分钟,清梦也没有。她喜欢在氤氲的雾气中醒来,有人在一旁隔着门跟她说话。她想着,也许真该随便找一个人嫁了?只要醒来的时候,身边有一个人,对她说什么都好。她想起失联许久青梅竹马的好友,前阵子在人群中瞥见他,带着一个三四岁的幼儿。而她,一无所有。

菲比总把大毛巾折好放在木盆边的板凳上,黎蕙一出浴就能裹上,如果下一个客人还没到,她们会隔着门闲话家常。黎蕙把自己这段时间的悲伤都说尽了。

她一边擦着菲比为她准备的身体乳,一边听着菲比对她的提问。菲比平常总是听,很少主动说自己,更不会提问题。菲比是听到她的工作主要是为人代笔写书,黎蕙说就是"影子作家",才知道世上有这种行业,"黎蕙你是念文学的吗?""是啊!""那我想请教你!"

菲比请教的问题是,鲁迅有一篇小说《肥皂》,里面那个恶心的老男人向人说起一个讨饭的叫化女,"你只要去买两块肥皂来,咯支咯支遍身洗一洗,好得很哩!""那书里反复地说用肥皂咯支咯支遍身洗一洗,肥皂怎么会发出咯支咯支的声音呢?"

这是什么问题?黎蕙想了想,读这篇小说是八百年前的事了!大二那年从美国威斯康辛来了一位年轻的女老师,在台湾客座一年,大概是顺便搜集论文资料吧,她是台湾出去的,但作风洋派,教法也新,鼓励学生开口讨论,脑力激荡,一门短篇分析课，两周下来，一堆大二的全吓得退选了，只剩下十几个程度较好的大三、大四学姐，大二生除了黎蕙还有个外文系男孩。那时讲到鲁迅的这篇《肥皂》，这唯一的男生就成了大家调侃的对象，指定他来报告——男人这是什么心态！黎蕙跟他算谈得来的，偶尔也约出来吃饭看电影谈小说，可是这男生对她好像并不真的来电，后来她才弄明白，他其实爱恋的是短篇分析老师，他找她，跟她在一起，也许是潜意识把这门课的感觉延长。黎蕙在情感上早熟，比他自己更先看出他的心。她的思绪被菲比冲洗木桶的声响拉回来，唉天宝遗事了！那男孩到哪儿去了呢？她说："也许那形容的并不是声音，只是一个动作？"黎蕙也迷糊了，那篇小说的内容其实早忘光了。

"动作？咯支咯支是什么动作？"菲比怎么想咯支咯支都该只是形容声音。

"为什么对这个小说这么感兴趣？"

菲比腼腆地摇头，"是对肥皂感兴趣。"她拉着黎蕙的手，走到保养品展示柜前，拉开布帘遮盖住的最上一层，那儿陈列了各式各样的肥皂，Nesti Dante 的纯手工皂、香草小镇精油皂，镶嵌玫瑰、葡萄、扇贝的精油皂，DL 手工切片香草皂，Lush 的"起士"、"蛋糕"、"杏仁饼"，美体小铺的沐浴球……她随手拿出一个无尾熊造型的肥皂："你看，茶树精油皂，在雪梨买的。""这块资生堂蜂蜜香皂，保存二十年了。"黎蕙好玩地拿起来嗅一嗅，还很香，菲比说这是母亲的味道，黎蕙茫然，她幼年时母亲就过世了，她是父亲带大的。

"我收集肥皂，有一次无意间翻到鲁迅有这么一篇小说，就拿来看了。"

其实不是无意间，菲比也读过一点小说，《BJ的单身日记》什么的，从来不曾想过去翻鲁迅，她只有高职毕业。那是一个男人遗留在她房里的一本书，那个男人现在在天涯海角什么地方？她不知道。按照其他亲友的说法，他"遗弃"了菲比母女，但菲比没有用过这样的字眼。

菲比的男人手边倒经常是在读书的，他如错生时代的士人，并且是不求功名的士。他的求学纪录、恋爱纪录都辉煌，读过多所中学、大学，从未毕业，他拿到的文凭只有国中毕业，其余一概肄业。他的爱情也一再肄业，休学转学，直到碰见一个令他心慌的女人，而同时遇见了餐厅服务生菲比。他在一客西餐未品尝完之前，就把菲比引诱到餐厅的顶楼亲吻她。他很快地得到她。有一天，菲比怀孕了，无奈地告诉他："拿掉算了！我没有生小孩的准备。"他却有了奇异的坚持，坚持菲比把孩子生下来。他说："我们结婚吧！"菲比看出他并不爱她，却没有看出他是以奉子成婚来逃避那令他心慌的爱。她以为他是对生命负责，嫁给了他，生下了小孩，原来孩子对他而言，也如同他一个一个未完成的学业。那个令他心慌的女人远走异国，而他，持续与数不完的女人邂逅。他说："我从不追女人。"他只是邂逅女人。

那时他年轻，顶着名校肄业的说法还能求职，大公司会以栽培的心态等待他半工半读拿到文凭。他总在工作量、责任渐增之后洒脱去职，且很快地谋得更高的职位，如此循环几年，有一天忽然发现，他找不到工作了。他仍然邂逅女人，用菲比赚的钱。有一天，他忽然消失了。他结婚时与菲比同住并没有搬进太多的东西，有时天冷需添衣，会告诉菲比："我回我妈那拿衣服。"这一次他却没有再回到菲比身边。菲比向他的家人询问，没有人知道他去了哪里，或者知道而不告诉她？老天，她跟他的家人从来就不熟！

菲比的丈夫从人间蒸发了，她觉得他只是去了某处，他的家人不告诉她，他们从来就看不起她。那是一个医生家族，这一代堂兄弟中有外科、家医、牙医、整形医师，姐姐是妇产科医师，唯有他例外，他读过外文、哲学、历史，不读医。但也或许因为出身医生世家，他心态上才能做为一个错生时代不求功名的士。

他留在菲比身边的只有几件衣服，一小箱书和一个女儿。菲比翻阅那箱书，其中有一本简体字版的鲁迅短篇小说集。她吃力地读着其中《肥皂》那篇小说，产生单纯的困惑：用肥皂洗澡为什么会咯支咯支的呢？

"菲比你很科学喔！"黎蕙笑说，"我们以前读这篇小说，讨论的好像就是鲁迅的讽刺艺术啦，假道学的虚伪啦什么的，没有想过用肥皂洗澡为什么会咯支咯支！"菲比失望地说，"我不懂什么讽刺，书里面那个男人的老婆吃那个叫化女的醋，可是第二天那肥皂的泡沫就像大螃蟹嘴上的水泡一样、高高堆在她的两个耳朵后。那个结尾让我不舒服。"菲比说，她从小就喜欢香皂，才会珍惜地把妈妈给她的资生堂蜂蜜香皂、蜜丝佛陀翠玉美容香皂保存下来，慢慢地就开始搜集香皂，"香皂是干干净净的，不是欲望的东西。"菲比又想起她的丈夫，事实上从结婚后，丈夫就再也没有碰过她。丈夫只跟邂逅的女人做爱。她跟他拥有过美好的结合，她还记得他做那件事的认真表情，那是他最负责任的时刻。完事后，她到浴室冲澡，他要求她把门打开，让他看她的身体。菲比身上敷着雪一般的肥皂沫，颤巍巍拉开浴室门，他蹲着，仰头凝视她的胴体说："你真的很美！"她没有办法恨他，他其实是一个温柔的男人,他对她始终是温柔的。菲比相信他总有一天会回来,她告诉6岁的女儿:"爸爸去很远的地方工作,等你长大一点,他就回来了。"

出事的那天,一早菲比就觉得头晕。菲比身体向来不错,做脸、按摩是件劳力的工作,刚开始做这行时她曾玩笑地对妹妹说,帮有些胖女人按身体,感觉好像在揉面团,简直揉不动,现在她已练出粗壮的手臂;而整天站着工作,也变得很有耐力。大概是感冒了,菲比很少感冒,以前还没换IC健保卡时她经常A卡都用不完。这一天,她头重重的,脚轻飘飘的。她把女儿送到学校之后摇摇晃晃地爬上五楼工作室。

她点了精油,让自己镇静下来,然后拿出电话簿,把当天所有的预约全部取消。有的客户手机没开,只好留言。休息一下,她必须去看医生,菲比忽然感到寂寞,想到自己没有任何人能够依靠。她本来是要去熄灭精油的,却倒了下来,把摆放精油的小茶几整个推倒,倒向前面的保养品展示柜。她晕了过去。

黎蕙没有接到电话,她根本忘了开手机,当她来到菲比的公寓时,愈往上爬愈感到不对劲,空气中有种奇异的、烟熏的芬芳。黎蕙警觉不对劲,拿出手机,等待开机的片刻,她的指头抖个不停。

菲比睡着,除了轻微的呛伤和擦伤,她奇迹地完好无恙。但是工作室毁了大半,即使没烧着的部分,也熏出黑黑的一层灰。菲比的不少客户闻风而来,有人说,因为菲比人太好,老天保佑,所以那天黎蕙忘了开手机,来做了她的守护天使。有人为菲比的经济状况担忧起来,她们隐约知道她是单亲妈妈,很辛苦的,这下工作室毁了,损失惨重。有人提议大家先预付半年的费用，让菲比度过难关。然后菲比的妹妹说起了遗弃她们母女的那个男人。她们原以为菲比是离婚或丧偶，这年头也不算什么，可是那男人却是不告而别，就令人觉得是可忍孰不可忍。众人很快地达到一种同仇敌忾的共识。

　　菲比醒来了，觉得咽喉干痛。她知道自己晕倒了，差点闯了大祸，她很感激那么多朋友来看她，是的，她们不只是客户，更是她的朋友。她想起自己倒下以后，几乎是立刻就恢复了知觉，可是全身酸软，她听着火延烧开来的声响、急促的按铃声。一定是黎蕙，黎蕙个性急，如果按一次菲比没立刻应门，她总是叮当叮当猛按，"不要急，放轻松！"这是菲比最常对黎蕙说的一句话，那一刻听见急切的门铃却是最宝贵的声响，她眼前黑黑的，全身好像只有听觉活着……她听见咯支咯支的声音……

　　她的目光寻找黎蕙。黎蕙站在隔帘旁，正跟菲比的妹妹窸窸窣窣聊着。菲比艰难地从喉咙发出声音，她对着黎蕙说："我的肥皂全烧掉了！""什么？""我听见咯支咯支的声音了……"她带着莫测高深的笑容。她早说过肥皂是干干净净的，烧了干净！她决定不再等待她的丈夫，她决定要像计时器一样，把生命归零，重新开始。

　　"菲比在说什么？"

　　黎蕙说："她在说鲁迅的小说……"

　　都火灾了还在讲小说？众人说："菲比不愧就是菲比！"

牙医诊所

　　DD：我从诊所窗外数，十四个病人在等候，当年那个玩世不恭的大男孩，戴着口罩弯腰帮病人看牙齿，他的太太守在柜台后。我觉得这是人间最悲伤的事。

　　黎蕙有一口让她伤脑筋的牙齿，前排两颗稍外突的小虎牙，小时候被赞美好可爱，大学时流行中森明菜，她只要剪个盖到眉毛的留海，不必打扮就时髦，可是现在，只要坐上牙医椅，总会听到这样的问题：考不考虑矫正牙齿？看过一些明明已经坐三望四的女生戴牙套，像突然装小二十岁，她老要起鸡皮疙瘩，牙套是青少年的玩意，她才不戴。当然她的牙齿问题还不止于此，有一回没长出来的智齿居然在牙龈里发炎了，医师没给她太多考虑的时间，强烈建议她拔掉。她拔了，医师又告诉她另外一颗没长出来的智齿最好也做预防性拔除，才不会做怪。她说好，下次来拔，然后祈祷她的牙齿永远不出问题，不必再走进牙医诊所。

　　牙医师会算命。他们端详你的牙齿，然后下判断：你喜欢啃坚硬的东西，你烟抽得太凶，你喜欢喝茶、咖啡，你怕吃酸的甜的……铁口直断，口吻比算命的都笃定，你绝无反驳的余地，命理就写在你的32颗牙齿上。黎蕙每一次进牙医诊所就会被评断一次："喜欢喝咖啡噢？"她的下排门牙间明显的齿垢不要半年就会出现，让她无论有多痛恨坐上牙医椅，为了爱美还是得乖乖地走进牙医诊所。

　　为了怕医师拔她的智齿，黎蕙决定换一家齿科洗牙，她实在喝咖啡喝得太凶了，星巴克咖啡涨价，她觉得好像有人扣她的版税一样！好友DD介绍她去一家民生东路的牙医诊所，DD说，那牙医师技术高超长得又帅。

　　走进诊所，瞄一下人满为患的等候区，黎蕙立刻就想打退堂鼓，转身时听见背后有人喊："黎蕙！"她回头，发觉正忙着的牙医师抬起头来盯着她看，但不是他喊她，喊她的是个女人，黎蕙张望一下，沙发角落坐着一个长发披肩的年轻女子，那是一个出版社的编辑，跟她合作过。黎蕙站着有点进退维谷，编辑等着她过去寒暄吧，而那牙医师，即使戴着大口罩遮住大半张脸她也认得出来，是苏康。她给他一个"好久不见"的笑容，走向角落，编辑叫静文，姓什么她却一时想不起来，平常通email总是只写名字。

　　两年前黎蕙受托写一本电视女主播的传记，由静文居中联系，后来静文又找她把一出电视剧改写小说，黎蕙没空，就断线了，有时接到静文转寄的电子邮件，甚至没打开就直接从收件匣删除。这年头的人际关系就是如此，你会因为某时某地跟别人交换了印着email信箱的名片，而后收件匣就会突然多了一堆励志文章、笑话、生活小常识……而那寄件人你常常怎么也想不起来是谁。

　　静文的样子一点都没变，长发及腰，身材相当惹火。她努努嘴，瞟一眼牙医师，"我看牙都来这家！他洗牙很温柔，不像有的牙医简直要把你的牙龈肉剔下来！"黎蕙转头看看苏康，他正低着头忙碌的样子。从静文口中，她讶异苏康竟然结婚了，老婆就坐在柜台后面帮忙登记收账，如此典型的诊所形态，真不可思议。

　　苏康是她某一任男友的二哥，他们一家三个男生全部一个德性，一个比一个花心，老大苏南、老二苏康都读医，只有老幺苏安学文。三个男生都温柔无比，黎蕙第一次进他们家时除了他们老姐不在，居然三个男生都在家。三个人一起对她献殷勤，他们的举止、说话的口吻如出一辙，把黎蕙逗得要笑出眼泪。苏安是这么对老哥介绍黎蕙的："怎么样？风华绝代吧？"黎蕙在客厅坐下来，正吃着消夜的苏康看着她的眼睛说，"那我怎么还有心情吃东西啊？"黎蕙随手把几个人的杯子端到厨房，苏南马上跟上来抢过杯子："哇！秀外慧中啊？"听他们三兄弟对话，像看舞台剧。

他们交女朋友也少不得拼比，带回家的女孩子一个比一个漂亮。黎蕙不见得漂亮，但是一脸聪明。苏康就曾说："黎蕙比苏安聪明多了，聪明五十倍也许没有，但是绝对聪明四十九倍！"

其实苏安第一次碰见黎蕙时并不像后来那样油嘴滑舌，他跟她说话甚至口吃。黎蕙诧异看了他一眼，明明刚才听他跟别的女生哈啦溜得很，也早已耳闻他对女生的本事，怎么突然口吃了？她的大眼睛扫描着苏安这个人，后来却着了魔似地跟着他走进电梯。他把她带到顶楼，他没有亲她，只扶着栏杆看远处的灯海。

回想起来，对这样的一个浪子，黎蕙记忆特别深刻的，不是那些缠绵的时光，反而是他对她的节制。最后一次在一起时，他们开着车随意寻找旅馆，再过一个月，黎蕙就要出去念硕士。"你真的要吗？"下车前苏安再问一次，黎蕙先下了车。

在最后的关头，苏安忽然说："我怕你一旦做了，出国之后，就会变得完全不在乎。而我不在你身边……我不要你变成那样子！"那时，黎蕙还是处女。"睡吧！"他抱着黎蕙安静地睡，像网开一面的猎人。

黎蕙和苏安说好一起出去念书，苏安大学学分没修完就进社会，已经超过复学的期限了。苏安的妈甚至催促他俩干脆结了婚一起出去。黎蕙按部就班地考托福、考GRE、索取各校简章、申请表格，苏安却拖着，一样也没做。黎蕙个性急，凡事起了头就停不下来。

　　一切已停不下来，当她发觉正当她上补习班恶补英文、忙得团团转时，苏安已经把别的女人带回家。

　　静文的蛀牙补好了，向黎蕙做出胜利的手势，看着黎蕙坐上牙医椅。黎蕙不解，告诉静文她不需要有人陪。静文走了黎蕙才醒悟，她只是藉此靠近牙医师。黎蕙仰躺望着牙医师，苏康温柔的眼睛。她还记得那年在奥斯汀，长途电话里苏康对她说："小蕙，苏安结婚了，对方已经……怀孕……你在哭吗？不要哭，苏安本来就配不上你，别忘了你比他聪明四十九倍……"黎蕙破涕为笑："五十倍啦！"她幽幽地说："二哥，我会不会嫁不出去啊？""可能喔，已经这么聪明还念那么多书，大概会嫁不掉。你回来我就娶你！"黎蕙又哭了起来。那一夜之后，黎蕙没有再打电话到苏家过。

　　她常常想起苏安，倒不是怨怼，而是不解，他到底是一个什么样的人呢？他一次次弄砸自己的爱情，弄砸学业、工作、人际关系……所谓人生的责任、成就、意志力之类的事情好像与他从来无关，奉子成婚能让他安定下来？或者说世俗下来吗？黎蕙总觉得他必定要弄砸他的人生，可是，谁该拥有什么样的人生？她在看到电影上的尼可拉斯凯吉的颓废模样时想起苏安，在读到村上春树《发条鸟年代记》里老蹲在井中的男人时想起苏安……常常如此如此地想起苏安。

"小蕙咖啡喝很凶哦?"黎蕙回过神,想笑一笑,嘴张着做不出任何表情。苏康忽然说:"我妈常常提到你!""嗯?"这是黎蕙现在唯一能发出的声音。"她看报纸总要找一找有没你的名字,在她心目中,能在报上写文章的就是了不起的女孩子。来,漱口!"黎蕙漱出满口的血。

"有点结石,其他都还好……"苏康走到柜台,取下口罩,一边写着病历,一边介绍柜台后的女人:"我太太——"黎蕙愣了愣,忘了刚刚静文说苏康已经结婚,她根本不能想象他有太太。柜台后的女人有一双漂亮的大眼睛,但是身材已有进入中年的福态,黎蕙想起来,算算苏康都该四十五六喽!柜台前的女人向黎蕙温柔地笑了笑。

"黎蕙你怎么都不会胖呀?"苏康陪她走到门口。一直没说话的黎蕙忍不住问了一声:"他好吗?"

苏康不意外她终于要问,他的脸色变得严肃,"那年他突然丢下老婆和不到3岁的女儿说要出国,我妈不答应,他就不跟家里联络了。我知道我姐给他汇过钱,有朋友从拉斯维加斯回来,说在赌场好像看到他……"苏康猛地摇摇头,"其实他都没变,是我们变了!"不知为什么,黎蕙竟觉得临走前苏康抛给她的是一个惨惨的微笑。

黎蕙又回到她原来的牙医诊所了。她右边上排始终没长出来的智齿位置突然痛了起来,医师说囊肿发炎了。黎蕙终于决定把它拔了。

宠 物 店

　　小宾跟二姊推开宠物店的玻璃门，妈妈跟在后头。姊姊得到许可养一只宠物鼠，因为学校今年科展规定以哺乳动物的饲养为主题，宠物鼠是妈妈能想到的最小的哺乳动物了。本来姊姊想要一只狗，妈妈摇头，她退而求其次要一只猫，妈妈还是不准，那兔子？妈妈说开什么玩笑，兔子臭死了！最后决定给她一只小老鼠。小宾很羡慕二姊。

　　这家宠物店里有很多鱼缸，漂亮的日光灯鱼、孔雀鱼、血鹦鹉……小宾想起有一次他跟隔壁班的强强把他们大楼楼下一口大鱼缸里的金鱼捞出来，强强教他拜死鱼，说可以得到庞大的能量。拜鱼的时候，他心跳得好快，自己也分辨不清，那强烈的恐惧，是因为把鱼弄死了，还是怕被大人抓到。小宾没有做过坏事，连偷拔花都不曾。也许害怕就是一种能量。后来那家老太太到他们家按电铃，问鱼是不是小宾捞出来的。妈妈很生气，说我们家的小孩怎么可能做这种事！

　　小宾和姊姊们是非常非常听话的小孩。他的大姊从小一开始每天要练整整两个钟头的钢琴，她已经通过山叶的六级检定，现在要拼五级，那是指导者程度的能力检定，也就是说通过后她以后是可以去教钢琴的呢。大姊才读初三而已。二姊的钢琴也在远远追赶，而小宾学的是小提琴。小宾一点都不喜欢小提琴，但是每天要拉两个钟头。他喜欢去强强家，强强计算机很厉害，可以破解他爸设的密码，强强电动破关更是厉害。但是小宾只有一种时候可以获准去强强家，大姊期中考的时候。每当大姊期中、期末或是学校什么段考、复习考之类，那天便由爸爸进厨房煮饭，妈妈站在复印机前，每一种评量影印五份、六份……十份，让大姊反复做，做到没有任何一题错误为止。复印机，是的，姊姊一上初中，他们家就买了一台全录牌复印机，跟学校的一样大，摆在客厅里，像一只蹲踞的兽。小宾常常惊悚地望着它，他知道，未来，那只怪兽也会陪伴他长大。

　　二姊恋恋不舍地看着一只黑色迷你兔，但是不敢要。她听见妈妈在柜台问老板，黄金鼠的寿命有多长？老板说两年半左右。那么枫叶鼠呢？"一年半到两年。"妈妈告诉老板，那就买一只枫叶鼠。也许她更希望能有一种做完科展就会自我销毁的老鼠？小宾的二姊默默接下老板递给她的笼子，过两年，她就上初中了，她会像大姊一样听话一样优秀吗？她总觉得自己没办法像大姊一样。她经常想要逃家。枫叶鼠在滚轮上跑个不停，它不知道自己怎么跑都是在原地打转吗？

　　妈妈也盯着滚轮上的枫叶鼠看，看得有一点失了神。妈妈总是很累，心情很坏，他们都不敢让妈妈生气。妈妈没有上班，所有的时间、精神都给了他们三个小孩。他们三个都是功课最好的模范生，他们从上小学就开始补公文数学、英语、作文，回家就写评量，他们知道考试不可以粗心，考试粗心，妈妈会很生气很生气。可是有一次表阿姨到他们家，听到他们补公文数学竟然哈哈大笑说："那么小就要学写公文喔？写给谁啊？"她根本不懂，补习班老师说过，公文数学是在日本经过长期实践检验而推行的一种数学训练模式，可以让学生养成良好的学习习惯，提高学习效率和计算能力……但小宾不敢说话，妈妈的脸色很难看很难看。现在妈妈盯着枫叶鼠看，妈妈会不会后悔了？好不容易他们家要养宠物了，小宾还答应要帮忙喂饲料的。妈妈应该不会反悔吧？妈妈绝不会让二姊科展没题目做的，只要是跟成绩有关的事，妈妈都会想尽办法支持的。

他们不知道，妈妈望着小老鼠，想起了一只猫。她初三的时候，四妹从外头偷渡一只野猫回家，养在衣柜里，等她们几个姐妹发现时，都已经生一窝小猫了！四妹爱动物，永远在给她们找麻烦。那一年年尾，家里的成衣厂倒了，父亲被债主追杀差点失去一条胳膊。他们搬了家，四个孩子全部辍学去别人工厂工作还债。她功课中上，却连初中毕业的文凭都没有！

一个满脸疲惫的男人看着他们和那只枫叶鼠，嘴角露出感伤的微笑。他在想，陪伴孩子在宠物店里寻觅的总是温暖的女人。宠物店是人生的蕾丝花边，生活温暖有余裕的人才会去编织那些花边，那两个孩子多么幸福。到宠物店的孩子是幸福的。

他的女儿君君也是，君君拥有他全部的爱。君君的母亲出走了，因为他的外遇，有一天，她像弃巢而去的雌鸟，不再回来。有一回君君哭着想妈妈的时候，他带她来宠物店，君君选了一只兜虫，他很诧异，一再确认你要一只虫吗？从此他便经常陪她逛宠物店。有父母常陪孩子逛书店，有父母常陪孩子逛玩具店，逛大卖场，逛小吃摊……而他们父女俩，不断地逛宠物店。他们买回一堆根本用不着的东西，譬如逗猫棒，还有给猫咪玩的铃铛球，他们并没有猫。君君喜欢这些东西更甚于玩具，有时他怀疑，君君不会以为自己是一只猫吧？或许君君是想：等到妈妈回来的时候，就会让她养猫了？

君君的妈妈会回来吗？男人隐隐也期待着这些宠物用品能召唤妻子回来。宠物用品是世间最具有家的味道的物质，能发挥某种魔力也说不定。

满脸疲惫的男人并不知道,君君的妈妈已经回来过了,她总在他上班之后偷偷到保姆家看孩子,她甚至曾把君君带到她的新住处,她养了一只猫。

门边的风铃叮的一声响起时冲进来一个身材苗条的中年女人,她很快地到鸟食区取了饲料,付账时一边兴匆匆地跟老板说起她的白文鸟,"我昨天戴着浴帽坐在客厅里看电视,它不能接受!它简直像见到鬼一样,惊惶失措跌跌撞撞乱飞!"宠物店老板想了想:"也许是浴帽的颜色太鲜艳了!""我知道我那只鸟会怕很多东西,像自动伞,还有餐桌纱罩,一看见这些东西打开来它就像疯了似的!可是我没想到她会怕我戴浴帽……"站在一排猫玩具前面的男人却打岔问道:"可是你为什么会戴着浴帽坐在客厅里?"

女人愣了愣,要说明自己当天洗了头准备进厨房,不想把头发弄脏先戴着浴帽,但想想做饭又还早了点,于是戴着浴帽坐在客厅里拿起遥控器,就把她的白文鸟吓得张皇乱飞……这描述起来总有点像异想电影,一转念,她嗔笑着说:"我戴浴帽坐客厅里关你什么事啊!"

那男人表情腼腆,再对话下去就有点打情骂俏了。他几乎不敢跟这个女人打照面,他只是觉得浴帽是在浴室里戴的东西,坐客厅看电视干嘛要戴浴帽?他想起他离家出走的老婆,她戴着浴帽从莲蓬头下哗哗哗冲水,他为她擦肥皂,那是她怀孕的时候,他细细地用肥皂泡沫为她擦拭全身,她因怀孕而微胖的身体,配上碎花浴帽,像卡通里的人物一样可爱。他没有为后来的情妇做过这种事,他为妻子洗澡也许是因为那时她肚子里怀着宝宝吧?

听见叮的一声，那女人已拿着鸟食小鸟般轻快离开，店里两个男人下意识朝那玻璃门望了望，捕捉女人苗条的身影。

宠物店老板对这个女人是熟悉的，甚至有点儿像她的心理医生，总在她买鸟食的时候听取她一箩筐关于鸟的琐事。就像所有寂寞的单身中年女人被宠物豢养，不同的是，大部分女人依赖一只猫，而她依赖着一只白文鸟。他试着挑逗过她，这对宠物店老板来说是再容易不过的事，许多女人藉宠物话题和他亲近。他从不追求女人，他只邂逅女人。他曾经浪游各地，邂逅许许多多的女人，自从他回台在内湖住宅区落脚开了这家宠物店之后，他甚至无须浪游。然而这个女人像个单向的发报机，只释放却不吸收任何声波，他知道这个女人对他完全没有感觉。对于女人，他总是知道。

宠物店老板并不知道，那女人怀藏超乎他所知的寂寞，她暗恋着一个女人暗恋了十多年。高二那年，班上一位擅画的同学曾以她为 Model 为她画过一张又一张素描。后来同学买了相机，又邀请她做她的"实验品"，到圆通寺、中正纪念堂、淡水红毛城摄影。她理所当然接受她的画、洗好的照片，她知道她喜欢她，她隐约是知道的。她的模样洒脱，在女校里总是吸引同学。升高三那年她转到理组；后来同学念了美术系，她读了化工。大学住校四年，却是她煎熬的开始，她发现自己喜欢睡她上铺物理系的室友。她在夜里熄灯后等待美丽的室友跟学长约会归来，听见她轻轻踩着木头梯子爬上床，听见她辗转反侧，想着或许她今晚跟学长牵手了？被亲了？四年！她从没有说出来！她终于知道当年她的同班同学怀着怎样的心情为她画像、为她拍照。

美丽的室友并没有嫁给物理系学长，她嫁入了豪门，如一只笼里的白文鸟。而那念美术的同学,在开过一次画展后因为忧郁症丢开了画笔。她嫁人了。她在一家西餐厅遇见过她,看她带着一个极调皮的男孩,腹部微微隆起,分不出是胖了还是又有一个。她无能让孩子片刻安静下来,不时显得愠怒,像一个寻常至极的妇人。

捧着一个小塑料盆的初中女生独自走进宠物店,她把塑料盆往柜台上一放,盆子里是一只巴西小乌龟。她对老板说:"乌龟眼睛肿起来了!"她的眼睛也肿起来了,该不是为这只小乌龟哭的?

宠物店老板忽然想起多年前,有个女孩对他说过一个小故事,说她小时候只养过一只宠物,就是巴西小乌龟。她每天对它说话,还唱歌给它听,可是有一天,乌龟的眼睛肿起来了,她捧去问宠物店老板,老板竟说:"噢!这要看眼科喔!"他听得哈哈大笑,笑得忘了追问那乌龟后来怎么样了?她对他说过的话,他总好像只是听了个开头,没有太大的追问的兴趣。她是一个非常单纯的女孩子,身上绝少社会的异化。她单纯得经常做出令周遭人不解的怪事。比如生产前,她听到许多母亲收藏孩子的脐带,她也要,进产房时竟告诉医生:"等一下那个脐带剪一截给我!"医师不解:"你要那个做什么?"她说她不管。她不到五个钟头便生出小孩,医师真的剪下一截脐带装在塑料袋里给她,她拿给妹妹:"你回去帮我洗一洗!"她妹回去洗到吐!所有人都来问她到底要那个东西干什么呢?煮四神汤吗?她理直气壮:"书上不是说很多人都有保存小宝宝的脐带吗?"许多人生完孩子简直晕死过去,她仍神清气爽,甚至请医师把胎盘拿给她看,她只是想看看帮她孕育孩子的胎盘长什么样。她不怕恶心,她被许多人定义：少根筋。

那时他们都好年轻啊。她想要保存的那个脐带，连结的是他们两人的结晶，他的孩子。他意外地使她怀孕，匆匆结了婚。却在一个奇异的早晨，他一反常态地早起，走到隔壁房间，看看鼻息安稳的妻、五官和妻极为神似的女孩，然后走出了家门。他回到母亲那儿小住一阵，申请了加州一个学费便宜的College，向母亲要了一笔钱，便这样走了出去。

他是忽然觉得自己想要走出去的，他在那个早晨，顿悟自己已经很长一段时间无法专注做一件事，甚至无法专注读完一篇文章。

在洛几山，他跟随一票华人，每周搭上前往Las Vegas的免费巴士，领取赌场赠予的筹码、吃一餐免费的Buffet……那些退休的华人真的是当成上班打工赚取这一日工资——他们把筹码换成钱；只有他，真正地对赌城的繁荣做出贡献。在赌场里，他如此地专注，那是他失去已久的东西。他把带去的美金差不多用完了，便不再回学校，干脆住在赌城里，他成为了赌城的一部分。而确有一天，他鸿运当头，大赚了一笔。他像所有的赌徒一样，并不急于把钱偿还周遭欠下的债务，那些都是零碎的小钱，他孤注一掷，全心全意豪赌一场。

落了片白茫茫，大地真干净。在他重新回复一无所有的那个乍暖的四月天，他在赌场一个角落里睡着了，睡得极其安稳，直到被一声爆炸巨响惊醒。他跑出赌场，望见不远处那栋十七层楼高的"阿拉丁"大酒店随着连串爆炸乍然崩塌，滚滚烟硝笼住那条已被封锁的拉斯维加斯大道。他痴望许久，脑子的某个部分像是化了冰似地忽然有种难以言说的流动感。而后，他开着一辆十六年的老雅哥——他仅有的财产,离开这个城。那个城,在那酒店轰然夷平之后,如浴火凤凰展开辉煌的新生。

然而他总记得,他离去的时刻,那个城,在白天里失去所有的灿烂霓光,如同一座废墟,夜里繁华竟似海市蜃楼。背向这座城,他想念台北,像念起一个深爱过的女人那样迫不及待想要回到她的怀抱。

"乌龟的眼睛肿起来了要怎么办?"

"可以喂枫叶鼠吃饼干吗?"

"猫咪会吃兜虫吗?"……

"啊?"

柜台前三个女孩哇啦哇啦问得老板头昏脑胀。她们不知道,那一刻,宠物店老板正试图回忆他曾有过的一个女儿的脸。多年前,他遗弃了妻子和女儿,走出一段对他而言莫名所以的婚姻。

"乌龟的眼睛肿起来了要怎么办?"捧着塑料盆的小女生不死心地重复这个问句。她不知道,这个时刻,宠物店老板深深觉得他伤害了妻女却早已回不去。一定是这些老鼠、这些猫、这些鸟、这些虫、这些水族经年累月地慢慢柔软了他的心?他的罪恶感迟来了太多年,他曾以为自己不会有任何这类的温情。

宠物店老板也不会知道,面前捧着塑料盆的初中女生,今天中午在学校厕所里被一群几乎都比她高一个头的女同学威胁明天要偷一千块钱交给她们。她决定今晚要偷拿爸爸的瑞士刀,她决定要开始保护自己,必要的时候,她会切下她们的手指头!她只对她的乌龟说她的决定,却发现乌龟的眼睛肿起来了,她真的觉得好无助。

宠物店老板不会晓得女孩的心事。对于买枫叶鼠的女孩想要逃家、喜欢逛宠物店的小女孩好希望自己变成一只猫的事，他也不知道。他的女儿已经上高中了，他错过了女儿的成长。关于女孩子的事，他都不知道。

一〇一

她把一大叠信撕成碎片,塞进一口塑料袋里。然后她要去买一大束气球,再到一〇一的顶楼上。这些纸片不是情书,不是日记,那是一封封辱骂她的黑函,来自一个她从未见过的人。

一个不认识的人,不停地写信到她的电台,以各种文字辱骂她。她考虑过向法院提告,人们告诉她,没必要啊!这人是个疯子,每个主持人都收到这种信的。她考虑跟这个人联络,当面向他问个清楚:究竟为什么要这么做?朋友更是强力阻止了,他们说,千万不要理他,一旦理会他,他便觉得受到鼓舞,只会让他更感兴味罢了!她觉得精神被折磨到了一个临界点,对于高楼的向往油然而生。她仍记得,有那么一段岁月,她艰难地对抗着高楼上的地心引力……

天使从高楼下坠便成为凡人。高楼,是天堂与人间的转运站……她叹口气,那对抗高楼的时光总算已经过去了。

那时她25岁,生命的巅峰,所有的戏院都在上映她的电影,人们形容她有着天使的容颜。有那么一天,一个女人,电影导演的妻子,在麦克风前向世人宣告,她割过双眼皮,动过隆鼻手术,她的感情就像她的脸一样虚假。她夺走别人的丈夫,如同掠取世人的情感和信任!

生命必须经历大崩溃,然后重生。她每天默诵心灵师父给她的静思语。一夕之间,她失去情人,以及所有的片约。天使从高楼下坠,成为凡人。高楼……一次一次站在高楼的边缘,她必须握紧双拳,抑制一跃而下的冲动。近二十年过去,她以为那感觉不会再回来，这一封封的信，却投入了生命里那一潭早已静止的黑暗湖水，重新荡漾起来。

在息影多年后，这几年，忽然有人想起了她。她青春容颜不再，但是聪明的他们给了她一个密闭的播音间，让她从电台出发。

电台是一个流丽的窗口。她不开放叩应，不邀请来宾，她甚至学会自控仪器，一个人在录音间里玩，自说自话、播放乐曲，像她寂寞的童年，跟假想的玩伴玩着家家酒。她在密闭的播音间里形单影只，但是声波将从雷达传遍各地。

昔日影迷的信件如雪片飞来，当年的影迷，与她一般，老了，老影迷才会写信。新的听众上她的部落格留言。那是电台帮她架设的部落格，摆上她当年的剧照，美丽的定格。

电台，是一个流丽的窗口。他每天在收发室里，从透明玻璃窗看着她走过。人们说她曾是学生情人，因为婚外情演艺事业重创。现在她的表情看来恬淡，妆扮朴素，每一次经过收发室时投给他一抹微笑，又仿佛她是无意识地带着微笑走过。他每天等待她走过，两次，来与去，那是他一天里最重要的时刻。终于有一天，他想到了，他要打电话给她。他要听她的声音，但不是透过广播。在他决定离职的前一天，他潜入人事室里抄到了她家的电话。

她开始收到大量黑函不久，家里经常接到不出声的电话。同事都说不要理会那些信就好了，可是电话呢？她以为每个人也都接到电话的，直到有一天她随口说，那些电话你们是怎么办？大家抬起头望着她："什么电话？"她才知道原来只有她接到这些无声电话。

有时天天接到，有时隔个几天，以为电话不会再来了，忽然又响起。有一天她索性不接，让录音机去对话。那电话却不停重拨，直到她受不了了拿起话筒问对方："你到底要做什么？"

"我想要跟你讲话。"话筒里竟传来对方的声音，她吓一跳，原来预设是不会有人回答她的。

"你是谁？"

"我想你！"他答非所问，那低沉的嗓音，难道是他？当年，在他老婆出来指控时，他选择背叛她。她从未停止恨他。

那年，她留着学生直发，在一次日本化妆品选秀的活动中，戴上化妆品公司提供的帽子，一位日本广告导演一眼看中了她。对他们而言，大部分的台湾女孩都太成熟，她的学生模样恰到好处。那年她已经19岁了，他们却问她：你有15岁吗？

她第一次跟随着导演、化妆师、灯光师，一整个完整的工作群巡回演出。才上台几次，她感觉自己在舞台上可以不僵化于基本的台步，他们的配乐有一种跳动感，鼓动她的双脚。她从小就有舞蹈细胞，随音乐跳动时，导演讶异她可以不必按照传统的台步，任她以跳动的方式走出自己的风格。

他在台下，从众多年轻模特儿中发现了她，把她带进电影公司，从此改变她的生命。

然而他给她的第一件功课是：割双眼皮！割完双眼皮才让她试镜。她还是15岁的模样，试镜的时候，一个节目部总监走过来问她：你是不是来度尴尬期的？然后那总监和他，当着她的面说她的鼻子不够高，在镜头上不立体。

他们的建议把她吓坏了，那可不是割个双眼皮罢了，隆鼻，在那年代是个大手术，不，她不可能去做。她感到焦虑、自卑，她决定不演戏了。

她仍在圈子里搅和，做了两年的场记，觉得整个生命浪费掉了，21，最青春的岁月，她已经觉得沉重。无颜见江东父老。

他再一次对她说，马上有个武打片要开拍，只缺一个女主角，去隆鼻吧，那是你唯一的机会！

她做了第一次的隆鼻手术。那时技术简陋，削一块硬硬的塑胶插进鼻子，把鼻梁垫高，就是所谓的隆鼻了，硬生生的做法，毫无美感可言。但是，她拿到了角色，一开始就演女主角。

一年，两年，鼻肉慢慢贴着塑胶片，形状显露了出来，一个假假的梁，甚而在水银灯光之下，透出淡红、半透明的色泽。差劲的美容技术，让她面对新的折磨。

鼻子快变成半透明，怎么办呢？一般人也许看不出来，她自己知道不对劲。她红得太快，片子愈来愈多，看到荧幕上自己的鼻子总是烦恼。美感还在其次，她拍的多半是武侠片，鼻子常被打到，弄得她紧张兮兮，害怕有一天那硬硬的塑胶片会断掉甚至穿出皮肉。她所有的精神都放在鼻子上，神经绷得紧紧的，鼻梁附近的肌肉永远都是僵硬的！

她几乎要拒绝接戏了，适时地，有一种软骨出现世面，可以从鼻头连接到鼻梁，塑出完整的造型。她换了软骨，紧张消除了，戏也愈拍愈顺。荧幕上的脸，线条自然、完美。

不过鼻子没事了，眼睛开始出问题。时日一久，双眼皮逐渐消失，缝合的那条线愈来愈浅，得贴胶带。每次一赶戏，要剪胶带时，手都会抖！更麻烦的是经常熬夜拍戏，那胶带久了会脱落，甚至弄得眼角发炎。

趁戏少的时候，跟他商量。打听出一种新的方法，是正式的外科医生操刀，半身局部麻醉，在手术房里，消毒情形良好，她重做了眼睛的手术，抽脂肪、剪去多余的眼皮，重新缝合，一劳永逸。自此之后，所有电影的宣传稿，便把她跟"大眼睛"这形容词连结在一起了。武侠戏的妆着重在眼睛，灵活的大眼睛成了她的标志，那个单眼皮的小老鼠眼完完全全脱离她了。她慢慢地忘记了自己从前的长相，就像常常忘记自己的本名一样。

那段时间，她对自己的所有状况都满意极了，凡事都有信心。他从镜头里凝视她，叹口气："你——真的是一个完美的女神！"他们有过缠绵的爱，他在她耳边一遍一遍地说："我想你！"即使她根本还没离开他的拥抱。

她几乎忘了他的样子，却无法忘记他的声音。

"我想你！"

真的是他？那犹如地底来的声音？她坐下来，决定把这一通电话弄清楚。"真的是你吗？"喀地一声，对方忽然挂了电话。

她以为那电话不会再来了，每天早晨，当她吃着早餐，当她吹着头发，当她寻找着换穿的衣服⋯⋯那电话总在她以为终于停止后又忽焉响起。她已经无从判断，这电话究竟是来自他，她这一生唯一的恋人？还是来自那个写黑函的疯子？

"你的裤带真的很松！⋯⋯"

"你们行迳龌龊，职业道德荡然尸骨无存⋯⋯"

"你霸占发言的麦克风，每天从你的口里吐出一坨又一坨的狗屎，污染这个世界⋯⋯"

"你是这个社会的毒瘤，你为什么还不去自杀？⋯⋯"

⋯⋯

这一天，她如常吸口气，拆开笔迹熟悉的信封，眼泪唰地滑落。那是张 20 年前的报纸复印件，寄信的人在复印件上用黑签字笔写着"奸夫淫妇"四个大字。剪报旁写着"致"一大串广播人的名字，她知道这张影印纸同时寄给了名单上所有的人。

他皱着眉头从一○一大楼的 JASONS 超市出来，买了澳洲有机菲利牛排、蘑菇、洋葱、鲑鱼罐头、帕纳干酪……老婆单子上写的所有东西。他知道老婆喜欢差遣他外出买东西是因为痛恨他待在家里，除了开单子让他执行一些买东西、银行缴款之类的事务，他们几乎已经不太说话。他说的话她不爱听，永远只给他一句相同的评论："神经病！"

他在家的时候，大半时间开着收音机、趴在书桌前写信。自从七年前他打电话到叩应节目发表意见，竟连续三十度话没说完就被主持人卡掉之后，他开始了写信给广播主持人的生涯。天空是属于全民的，他们霸占着空中频道，整天胡说八道，畅所欲言，剥夺民众发表看法的权利，他们比所有的贪官污吏还要可恶，他必须挺身而出。他在广播中听过有主持人称他写的信是黑函，那是对他莫大的侮辱，他的每一封信都署真名，并写上地址、电话，他等待着这些主持人的正面回应，甚至告上法庭，那么他就有了把自己的想法全盘说明的机会。然而这些主持人却仿佛说好了似地，七年来，竟没有一个人理会他！这两年他更进一步开始收集所有主持人的过往资料，加注眉批，广为寄发。他每天去一趟邮局，一定把信寄了之后才去帮老婆办事。生活充实忙碌，不像他一些退休的同事，泄了气似的。人活着不能没有目标。

他走出一○一大楼的时候，感觉胸口一阵闷痛，手上提袋并不重，整个人却像被什么东西重压着。他慢慢蹲下来，好了一点，好了一点。从略微的仰角，他看到街对面有个手拿气球的奇怪女人正抬头仰望天空，她像发现幽浮似地，嘴不由自主地张开来。她那张脸似曾相识，像是他近日影印剪报过的一张脸。但是不可能，他想，那是二十年前的报纸，她早该老丑喽！他老婆不到40岁就不能看了。他一惯仇视美丽的女人。美丽的女人总是淫荡的，若你看不出来只是因为她没有选择你淫荡。而再美丽的女人过了40岁一定要凋萎的，若不凋萎，一定是动了什么手术，报纸说得再清楚不过。女人习于说谎，若不说谎，又往往是难看的女人。那个女人那么惊讶地张开嘴是看到了什么呢？他顺着她的目光仰头看，一个斗大的长方形……降落伞吗？他提袋里有新鲜的澳洲牛肉，他不能耽搁太久，若是把肉弄臭了，他老婆会把那张已经干瘪的脸从眉心皱出皮屑来。他感到一阵反胃，今天哪都不舒服。他要赶紧回家，回到那宽敞的扶手椅里，他还有好多好多的信要写。

　　他怀着强烈的罪疚感赶到一〇一。刚刚打电话给她，听见她怒气冲冲地狂吼："我不管你到底是谁！我现在要出门去，我要到一〇一顶楼上做一件重要的事情！这一切都会结束！都会结束！"天，他没有要逼死她的意思啊！他喜欢听她的声音，希望她跟他说话，有这么难吗？有必要每次都摔他的电话吗？"你为什么不肯跟我说话？"有一次他问她，她却答非所问："你——你不是他？你到底是不是他？"

　　从世贸转角边跑边喘，一〇一，她说要去一〇一……咦，天上那是什么？是她吗？她做什么啊？酷！她跳伞？不会吧？他看得呆住了，以致完全没注意到有个老头走路不看路朝他撞上来。老头神经兮兮捡回纸袋里掉落的东西，一边喃喃自语："奸夫淫妇！奸夫淫妇！"

"喂！骂谁呀！"如果不是看他糟老头样，他真想揍他，撞了人还讲脏话！而且哪有人把奸夫淫妇挂嘴边当脏话讲的，神经病！都是他！那伞呢？天上的降落伞呢？

小时候，她读过一本童话书，主角不是王子与公主，而是一个胆怯的小女孩，她害怕好多好多的东西，怕鬼，怕妖怪，怕得晚上不敢睡觉。她的外婆教她一个好办法，把你害怕的东西画下来，绑在气球上，只要气球飘走了，就不再害怕了。

她其实并不怕那些黑函，她早就不怕任何流言了，是因为看到那张剪报，她忽然领悟，这些日子以来，她痛恨却又期待的电话，根本不可能是他打来的，那只是另一个疯子罢了。她一字一字读那张剪报，所有的痛楚全部回到心头。她读他说的一些话，她想着：从头到尾，他根本从来没有爱过我啊！

那张剪报上，竟有一张陌生的照片，照片里的女孩脸蛋清秀，但有着一双好像睁不大开的眼睛、扁平的小鼻子、单纯的笑。她凝视那张照片，轻轻问自己：我认得她吗？我还认得她吗？……

她把那张剪报撕开来，再撕，再撕……啊！把所有这些无聊的废话全撕了吧！她泪流满面。

站在一〇一大楼对面，她像个呆子凝望空中一个黑点撒出来的一片大气球……竟有人早她一步吗？四周望望，对街，蹲着一个不认识的老男人，用一种恨毒的眼光仇视着她……这世界，这世界疯了！她打个冷颤，手上的五彩气球竟忽焉抓不住飞走了。

运 动 中 心

Steaven 开始运动了,每个周末,他开着他的 X5,载着老婆、儿子到这座市立运动中心打羽球。儿子刚出生时,他记得多么清楚,抱在手上,跟他指尖到手肘差不多长,曾几何时,已经大到可以跟他对打羽球了?

今天早到了十分钟,他们一家三口坐在场边观战。儿子小声兴奋地说:"看!黄衣秃头男变成红衫军了!"Steaven 看了儿子一眼,"不要乱讲!"妻护卫儿子:"干嘛?这么远他听得到?"他们母子俩偷偷笑成一团。Steaven 感到不悦,不再说什么。黄衣秃头男是妻帮场上一个中年人取的绰号,他们一伙四个男人,每礼拜都来。妻起先是要儿子在等待时看他们打球,他们打得不错,儿子后来也学他们发小球;看了几次后,妻发觉,"那个黄衣秃头男为什么每次都穿同一件黄 T 恤?""他都没有别的衣服穿了吗?"这回他换了件红 T 恤,儿子便大惊小怪说他变成红衫军了。他不喜欢妻在儿子面前胡乱帮人编派绰号,儿子的嘴都跟着磨利了。可是他们母子一派亲密,随时坐下来就能哇啦哇啦胡说八道,品评运动场上的人、餐厅里的人、候机室的人……有时妻告诉他,"刚才隔壁桌那个女的跟她婆婆的对话好恐怖喔!""什么?"她为什么都知道别人在交谈什么、争执什么?她能在周遭嘈杂声音里听见故事,记得眼睛扫过的场景里人物的穿着、特征,某个女人戴了什么样式的项链,哪个小孩跟他的父母长得像不像……他总觉得她辜负了自己的天分,她应该去 FBI 的,可是她教钢琴,一种被想象应该娴静优雅很有气质的行业。她打起球来根本就像个女杀手!

　　黄衣秃头男今天穿了红T恤,咦,Steaven发觉自己也跟着老婆、儿子心里这么称呼他了!如果不是妻和儿子的笑闹,他根本不会注意人家穿了什么。他的衣服多半是妻打理,如果没有妻帮他准备,他大概每天都会穿Intel或是IBM送的T恤吧。

　　他们四个男人每个礼拜都聚在一起打球,就他的观察至少打两个钟头,因为每回他们来,这四个人就已经在场上了。他们是同事?大学同学?甚至……高中同学?小学同学?他们不带家人,是所谓的men's time吧?Steaven没有men's time,回国工作以后,他的生活被工作完完全全占据,如果不是在研究所时就交了女朋友,一回国就结了婚,他想自己大概会像他一票在San Jose的同学一样,到现在还是王老五吧。他是他们班第一个结婚的,也是第一个有小孩的。电机系男生娶音乐系女生,在旁人眼中再完美不过。

　　不久前他们夫妻参加同事Elbert的婚礼,Elbert娶了个小他13岁的女生。婚礼中播放两人从小到大的照片,这是Steaven结婚时还未流行的花样。妻在他耳边说,"不过十几年的时间,婚礼都变了。我们那时候婚礼还是一种招待亲友的观念,现在的婚礼是强迫所有来宾把新郎新娘当成明星或是什么成功人士来佩服,比跳脱衣舞招待亲友还俗!"Steaven不置可否,大概只有女人在乎这种事吧,他只希望妻的话不要被别人听见了。后来妻不再肯跟他去参加婚礼,说现在的婚礼让她不舒服。他很难了解她的不舒服,因为他们结婚时没有这些花样,让妻觉得吃味吗?她又说不是,她说你的同事都很无聊,我跟他们谈不来。难道要跟每个人谈音乐吗?他不解,在人多的场合里,妻其实是很活泼的，他还记得那天酒席上，Tom 说他老婆抱怨他从不记得结婚纪念日，Steaven 笑说你完蛋了！意思他自己从来不敢忘记，妻却立刻接话："可是记得有用吗？记得也没什么用啊！"众人立刻大笑。那天回家的路上，妻却突然在车上悠悠地说："你会后悔太早结婚吗？"

"啊？"他扶方向盘的手猛地一歪，这绝不是骄傲的妻会有的口吻，妻的语言风格应该是这样的："娶到我是你好运耶！""比较优秀的人当然是学人文艺术啊，资质差一点的人才学理工！"他早已习惯她的语调，即使在他爸妈面前也别想让妻低调些，总统大选时，他老爸赞美周美青，说马英九常年奔忙，孩子的教育一直是周美青一手打理，妻听了却淡淡地说："我也是啊！很多职业妇女都是啊！"现在妻吃错了什么药？

"你如果不是那么早婚，现在就可以跟 Elbert 一样，娶一个不到 30 岁的女孩子，反正你们科技新贵，年纪愈大娶的老婆愈年轻！"妻是被换魂了吗？是什么人偷偷跑到妻的身体里？他还记得几年前他老张望着马路上的 Porsche 跑车时（妻为什么老是弄不清楚，他会张望的是跑车而不是女人呢？），妻不怀好意地跟他讲述一篇平路的小说，说有个男人整天想要一部罗密欧跑车，还刺激他老婆说如果买了新跑车当然载的是年轻的漂亮美眉。他老婆起初觉得受伤，直到有一天她看到从一部跑车里艰难地出来一个秃头的老男人时，她想象自己老公艰苦万状地从一部跑车里爬出来的模样就释然了，从此由她丈夫说去！这故事 Steaven 铭记在心，在他发量渐少，肚子渐凸的中年旅程上，换车时认份地选择了 X5 而不再肖想 Porsche，一个有家、有孩子的男人再有钱也不适合买 Porsche 了。Elbert 小他 1 岁，新娘 Jennifer 是财务部门的，轮廓有点像梁咏琪，一进公司就好几个 RD 猛追。Elbert 是 PM 经理，跟他虽然是不同部门，有时会一起出国谈案子，私下接触发觉他有些龟毛的地方，并不是那么好相处，他便以为 Elbert 是不婚族，没想到过了 40 岁倒突然想结婚了。他其实有点怜悯 Elbert，许多辛苦的事情现在才要开始，妻看到的却是完全不同的角度。他叹口气："过了 40 岁才开始适应婚姻，然后生孩子、带孩子这些事情，你不觉得很累吗？"

"可是你不会向往年轻女人的身体吗？"

Steaven 没有回答。妻继续说道："你同事跟你差不多年纪，现在才结婚，好像拿到一个全新的礼物。而你的老婆，迈入中年，又生了病，失去部分的乳房，身体开始衰败了……"

Steaven 诧异得说不出话来，妻几年前发现乳癌动过手术，他仍记得在超音波、细针穿刺发现异常之后，他陪她去做切片，出来以后她描述过程，说切片手术只要局部麻醉，她一边还跟医师、实习医生聊天，他们知道她是学音乐的，都很谄媚地说他们只听古典音乐，手术中还为她放巴哈呢！看报告的那一天，医师把他也一起叫进去，一边在一张纸上迅速画出一对乳房，一边讲解病情，妻平静得几乎没有任何表情。她很快地接受医师的安排，动了手术，接受化疗，其间从未听她说过"为什么是我"之类的话，也没有哭过。只有一次，看见她坐在钢琴前面发呆，他问她还好吗？她的嘴唇轻微颤抖地说："我以后会不会不能弹琴了？"他趋前拥抱住她，"不会的，你需要时间复健啊！"因为同时拿掉了腋下淋巴结，影响手部的神经，她的手暂时不太灵活，"从我小时候第一次弹钢琴，就觉得我这一辈子只想一直弹琴，如果不能弹琴了，好像回到一个梦想没有诞生的混沌状态里，可是我年纪已经大了，会觉得很恐慌。"他知道多说无益，只是紧紧地抱住她。那是他唯一一次看到妻对这个病表现出恐惧，过不久，就看到她坐在琴盖未打开的钢琴前假装弹奏，一边哼曲，然后微笑地对他说："我现在知道陶渊明为什么要弹无弦琴了。"那才是她呀，当年不就是这种与生俱来的乐观深深吸引他？结婚以后，她的伶牙俐齿有时也使他难以消受，特别是在他的亲友面前，然而他从未想过如果没有她，生活会变成什么样子？听到医师宣布病情时，他的确惊骇，但妻的平静立刻抚平了他的恐慌。后来发现她比较担心的倒是无法弹琴的事，他知道她不会被打倒了，她的精神世界比谁都坚实。现在她说出自己手术后的残缺、羡慕年轻女孩的身体使他惊诧莫名，原来……她的心理仍然受到了打击，只是没有说出口而已？他 27 岁结婚，在班上居然算早婚，陆续看到同学结婚，的确如妻说的，愈晚结婚的，夫妻年龄差距愈大，也就是说，男性始终寻找的是适合生育年龄的女性，无论自己年纪有多大，但他羡慕过他们吗？如果妻子不提这一点，其实他根本没有想过，可是既然被点出来了，那么，他真的不羡慕他们吗？

　　他觉得妻问这种问题太残酷，人会病、会衰老是无法避免的事，何必去挤压自己的伤口呢？就算不病，人也会老。妻的身材跟年轻时几乎没有改变，反而是他，有了中年人的样子。他转移话题，说公司这礼拜又有假日爬山，问她要不要一起去？她却火大起来，"每个礼拜都要爬山，你们公司平常操得还不够凶吗？"

　　"就是平常操得凶，假日才要去运动啊！"

　　"运动一定要跟同事一起吗？你们老板知道世界上有一种人际关系叫做'家人'吗？"

"家人可以一起去啊!"

"为什么你的家人也必须要跟你的同事黏在一起?你们科技业每天工作超过12个钟头,一群同事天天相处12小时以上,假日还要再聚在一起不觉得很无聊吗?我做老婆的都没有这么高的占有欲,怎么你们公司的人占有欲那么强?假日不应该跟家人、朋友、老同学见面吗?你的世界不能只有一种人啊!"

Steaven不再答腔,妻显得对他们这行有些轻蔑,她有时会对着网络惊叹地说:"想想很可怕,你们这一群计算机人,这20年里,完全改变了整个世界!"但大部分时候她说到"你们这一群计算机人"时是一种负面用语。是那个礼拜,为了消除妻参加婚礼后的沮丧,他不敢丢下妻儿跑去爬山,提议一起去打球吧!妻马上上网搜寻适合的场地,然后他们一家开始了周末往运动中心跑的新生活。

这座运动中心地下一楼是室内泳池,有时缴完费站在落地玻璃前张望,可看到穿着泳衣戏水的人们,但妻不感兴趣,他后来才想起来,她不愿意穿泳装了。他只好老陪她打羽球。羽球场在六楼,在电梯里,儿子喜欢研究各楼层的设施,"我们下次去射箭场好不好?""要不要去攀岩?"有时他们早到了,到那些楼层张望,仍还是回到羽球场。他会跟黄衣秃头男那一伙人交换目光算是招呼,有时他很想加入他们。他几近所有的时间给了工作,剩余的这一点点,不得不给妻子小孩,他的同学极少联系,当年的哥儿们,一个个像他一样,成为丛林里独自带着配偶和下一代生活觅食的雄兽。雄性猛兽很少群聚,它们会在各自领地里遥遥互望。雌性动物却比较能够群聚,妻和中学、大学、研究所,甚至各种不同工作时期结交的朋友都保持友谊,她们会相约喝下午茶、逛街，各自带小孩一起到汤姆龙堡或诚品书店，晚上还煲着电话。唯有在运动中心常看见一群男人出现，但也以趋近中年的为多。年轻、时尚男人到哪去了？Steaven 想起来，他们去了健身房，那是完全不同的健身世界，以锻炼肌肉、维持体态为目标，附加一种时尚感，不会牵着孩子，也不竞争技艺，健身房，是单身贵族、Gay 的殿堂。想要持续运动的袋鼠族，就像不适合 Porsche 跑车一样，与健身房早已格格不入。他必须认份地走进运动中心，否则就只有在家里玩 Wii 了！

"你会后悔太早结婚吗？"妻这句话在 Steaven 脑海里像一种奇异的泡泡，缓缓从脑波升上来，到某个大小时自动破灭，但隔一阵子又会冒出来。

Jennifer 刚到公司来时是做 Steaven 的秘书，帮他处理一些琐事。Steaven 带领整个 RD 部门，底下一百多个 RD，他在 90 年代初期回国投入计算机业，熬过低潮，进入这一行的巅峰期。妻曾经问他，如果中了几亿大乐透，还会上班吗？他不假思索说会！"为什么？要我就不会！不必再教钢琴、被那些死孩子气死，我一样可以弹给自己听！" "我的情况不一样，我们部门曾经很惨，差点解散，"Steaven 不是轻易放弃的人，"是我留下来了，一手把它撑起来。" Steaven 脑中拂过 Jennifer 的脸，她来的时候，这部门早已转亏为盈，营业额愈来愈高，RD 阵容也愈来愈壮大。在志得意满时，Jennifer 青春的容颜出现在他的身边，每每使他心神一荡。

有一天他的计算机荧幕上贴了一张便利贴，写着："今天一起吃晚饭好吗？"他认得是秘书的字，掀起那张便利贴，沉吟几秒钟，丢进了字纸篓。傍晚，他走进公司附设的健身房。公司在顶楼弄这个健身房时他来过几次，跑跑跑步机什么的，但实在太忙，大概一两年没上来过了。Tom 在桌球室一个人对着墙壁发球，他走进去跟 Tom 对打了几局，居然也出了一身汗。

便利贴未再出现，几个月以后 Jennifer 调到会计部门，也交了男朋友。他以为她会选择他们部门那些追她的 RD，Jack 或者 Michael 或者 Kevin，whatever，那些年轻的男孩子，听到她跟 Elbert 在一起时，确实令他惊讶。他跟妻同年，妻就是他最要好的朋友，不能想象去娶一个小朋友天天在一起，即使长得像梁咏琪。有一次，他跟妻亲热时，脑海里想着 Jennifer 青春的脸和身体，事后却感到轻微的作呕。他无法分析自己是怎么回事，也许只是因为从小的教育就保守，也许是因为性格里带点洁癖，他不喜欢自己这样子。他转头看看妻，妻做完爱喜欢裹着被子面向着他，带着温柔的笑意。他轻轻揭开被子一角，看看那薄被下纤瘦的身体，一只乳房上淡红色的疤痕划向腋下。他俯身轻轻亲吻，他的搪瓷娃娃那细细的裂痕。妻的眼角涌出泪水，滑到了枕上。他知道，这一生他会守护她。

他们一起打球，有时感觉回到往日时光。妻在球场上十分耀眼，不是她的球技高超，是她连打个球都要买一堆漂亮的 T 恤、短裤轮换，她平常穿着就像个钢琴老师，在球场上才露出修长的腿。她并且精心化了妆才出门，难怪她会注意球场上每个人、每次来穿了什么衣服。

整点一到，穿着红 T 恤的"黄衣秃头男"退下场。他和 Steaven 对望了一眼，这一次却没转身就走，他尝试性地小声说了一个名字："林博伟？"

"啊？"正半蹲着在地上卸球拍套子的 Steaven 猛地抬头，像鹦鹉似地偏头思索,这人认识他?

"林博伟!林博伟!"黄衣秃头男更像鹦鹉,重复着这个名字。老天!那是他高中同学嘛!Steaven忽然想起来了,"潘广义!"他站起来向前拍对方的肩。他俩兴奋地交换高中同学的讯息,都只是知道某某人在哪里工作,有联系的却少之又少。潘广义说上回看到他时就有一点想起来了,又不太敢确定,毕竟都二十几年没见啦!

二十几年!Steaven咀嚼这数字,脑海里隐隐浮上他们一起打排球的画面,潘广义擅长杀球,是他们班的主力。排球不易找到同伴,所以他改打羽球吧,Steaven张望了一下潘广义的球友,确定他真的不认识那三个人,不会是他们的同班同学,他忍不住问了一下:"你是跟谁打?"

"同事啊!公司搞什么羽球杯啦,我们部门派我们四个,下个月要跟别的部门火拼!"

原来如此,他没有问潘广义周末不陪家人吗?老婆不抗议吗?人家搞不好根本没结婚,20年不见的老同学,唉!Steaven觉得怅然,他跟潘广义虽不是特别要好的哥们,但那时也还算熟,居然碰好几次面才想出来对方是谁。

穿着运动服两人都没带名片,他们相约下礼拜球场见。潘广义一走,Steaven的老婆、儿子惊讶地拥上来,Steaven这才想起他甚至忘了介绍他们。

"搞了半天你认识黄衣秃头男喔?"

"我高中同学啦!"

"同班吗?"

"同班啊!"

"同班你以前没认出来?!" Steaven 的老婆显得不可思议,"你们男生真的很奇怪!"

"他以前……比较多头发啊!" Steaven 无辜地说。

重 庆 南 路

我在重庆南路一家老书店里发现了一个小本子，它夹在一排现代文学丛书之中，封面有点破损，看来被翻过无数次了。那看起来是自己打印、装订的小册子，薄薄的，只有二十几页，淡紫色云彩纸封面，书名是英文字"YOUNG"，内文却是中文打字，没有作者名，也没有标价。我平常逛书店，总是翻一翻，有兴趣看的书就买走，书，是床上读的东西。我也很久没有来重庆南路，今天来，是为了帮儿子买课本的学习手册和评量，顺便逛逛。这本书却吸引我站在书架前读了起来，主要也是因为它根本不是一本出售的书，我没办法买走它。

我大约花了四十分钟把它读了一遍，它很像并没有写完，在"我从此觉得黯淡了"这样一个句子后戛然而止。我先想到的是，这是某人做的一个实验，想看看读者的反应，我四下张望，根本没有人注意我。我第二个想法是，作者是在面对一种巨大的变化而写下这些文字，但又不得出版，于是自己用电脑印制了许多份，偷偷放进一些书店、图书馆，有些可能已经被店员扔了，而这家老书店，店员大概不是那么勤快吧？也许没发现，也许觉得无所谓，于是它保存了下来，或许在某一个书店的角落里也存在着这样一本书，等待被翻阅，甚至可能还有这本书的后面章节？至于作者的人生是发生什么样的变化呢？我想到的是：她出国、得了重病、出家、自杀，或者，她只是即将要结婚了，走进平凡的婚姻生活之前写下的青春时光。

再一次四下张望而无人理会之后，我做了一件从来不曾做过的事，我偷偷把这本书带走。这个作者文字并不炫丽，情节也很普通，但是她——作者看来是一位女性——所描述的一些成长的细节，那些无助与挫败打动了我，我想拥有这本书，今晚睡前，能再一次读它。

当我若无其事走出这家书店，眯起眼睛向马路上张望，我有种做了坏事没被发现的快感。我拦下一部出租车，只想快些回到家。一路有点堵，经过忠孝东路时，我从车窗向一路的咖啡馆、服饰店，骑楼下的摊子张望，看见一张张女人的脸，从地下铁冒出来牵着一个小男孩带着一点点风霜的少妇的脸，扬手招出租车穿着昂贵套装踩着高跟鞋皮肤好好的脸，在仿冒皮包摊子前耐心翻捡有点发福了的脸，咖啡馆玻璃窗里侧面短发正出神想着什么的脸，被路边算命师喊住而迟疑困惑的脸……每一张，我都想象可能是这本书里的主角阿宣的脸。

从我得到（或者说偷到）这本书开始，我张望这个城市有了不一样的感觉，因为我老在猜：那个女人会不会是阿宣？虽然我曾经设想过作者已经不在人世或者出家、出国、移民了，但愈读它，我愈直觉她还在，还在这个城市里，爱着一些人，讨厌着一些人，吃饭、喝咖啡、买鞋、买花、买书，排队买烤鸭，搭捷运、招出租车、开一辆香槟色 Toyota Camry，她是演员、画家、钢琴教师、美容师、模特儿、家庭主妇、CD店店员、餐厅服务生、韩国饰品摊贩……她在这个城市里，在艳阳下，撑一把防紫外线银色阳伞，像这个城市里大部分的女人一样……

YOUNG

记忆之巢

　　有时我怀疑,在我脑部的贮藏室里对于童年的记忆究竟如何罗列安排、哪些事染过新的颜色、哪些印象已经被岁月稀释、是不是有些记忆是自创、添加进去的?我胡乱思索,把那些过于单调犹如临终前趋于平直线条的心电图,弯曲、编织,在脑子里缠绕成一个结实的巢,我仅有值得珍惜的几个画面住在巢心不时地探出头来……

　　后山龙门谷的湖是一种安静的绿色,不时有轻风吹来掉落的叶片、细枝以大圈大圈的涟漪磨平它的表面。我和明明姊常在无人的湖边凝视那光滑的湖面,明明姊随手摘来酸得人牙齿发软的野莓果,她大胆地放入口里,我也学她,轻咬一下两眼就闭起来眼皮一跳一跳的。

　　很多事情我都学她,她自编歌舞教我跳唱,歌词已经不记得,大约多半是关于故乡的怀念,一个才7岁并且是在村里生村里长的小孩如何会有乡愁当时我自是不疑,就像今天她成为唱片作词作曲者我也只觉是理所当然。

　　那后山的湖凝结在我记忆之巢的中心,我所有童年的记忆几乎都泅泳或漂浮于静谧的墨绿色湖水中。

譬如我4岁那年的夏天,爸爸从船上回来,一个酷暑的午后爸爸穿条泳裤把我举起来:"我们去游泳!"我脱口而出:"不要,游泳会淹死人。"我母亲立刻从房里探头出来:"阿宣你说什么?""游泳会淹死人!"这不祥的话语凉进母亲的背脊,"喂你今天不要去游泳啦!小孩子的嘴最灵!"我爸耸耸肩不置可否,他对禁忌的态度一向是如此的耸肩、遵循,却不相信。不错,他不相信,他说船上习俗吃饭时说"装饭"不说"盛饭",以免"沉船",鱼一面吃完了只能把骨头挑起,不能"翻过来",否则翻船,可是村里男人走了一个又一个,都是一声船沉就全都没了,也没见过老天挑选过人。

不过半响,山上就喊出来了,"山上淹死人喽!"爸妈立刻拥到门口,我从他两人粗壮的大腿之间挤出一道缝,看见有几个人抬着一个人,每个人身上都湿淋淋的,后面一群人跟着在跑,嘴里一边嚷着:"山上淹死人喽!"我想把爸妈两人的腿扳开一些,好看得更清楚些,我爸蒙住我的眼睛说:"小孩子不要看!"而事后母亲却常提这件事,把我当成具有特异功能的神童。

后来听我爸感叹:"老吴海上不死死在湖里!"老吴就是那天被抬下山来的,他跟我爸曾经一条船。老吴的女儿心兰很喜欢掐人,我们同年但我跟她处不来,我喜欢跟着大我1岁的明明姊,她到哪我就跟到哪。

明明姊长个胖胖的圆脸蛋、微黑的皮肤,上小学之后就比我矮了。有一次我俩在门口跳绳,我听见她从三重来的阿姨站在纱门前面半开玩笑地叹口气对明明她妈说："你看看人家生的，你生的！"

大人喜欢赞美我的瓜子脸、白皮肤、抽长的腿、我的长辫子，甚至我口齿不清的语音。明明她爸也疼我，我爸长年在船上，我每天傍晚跟明明一起手牵手站在村口的大榕树下等明明她爸的上班车，那其实是军用的大卡车。明明的爸爸是军官，他一下来总是先把我抱起来，在我白胖的手臂上轻轻咬一下，然后一手牵明明一手牵着我走回去。

据说我跟明明第一次见面的情况是这样子，快2岁时我家刚搬到明明家对面，我妈抱我去她家门口搭讪，一群邻居围着新到的我们问东问西，一个阿姨拿来一串龙眼，她先剥一个给我，可我还拿不稳，才要放口里就掉下来，而那颗掉下来的龙眼立刻被明明以迅雷不及掩耳的速度放进口里，"好敏捷啊！"大人们嘻嘻哈哈笑起来。这是我妈告诉我的故事，但我有那么点不相信，因为在我大部分的记忆里，明明姊都是让着我的。

但是她举止、行动敏捷倒是不争的事实，她做什么事都是快手快脚，每天放学回家不要半个钟头就把功课作完，然后满山遍野到处跑，玩够了来找我的时候，通常我都还坐在窗户旁的小桌边一个格子一个格子慢慢爬，我妈说我老是在摆相命桌。我写字的时候很难不想到明明已经在爬煤矿山了，或者正拔一根芒草花当做平剧里的马，站在断桥的桥墩上演樊梨花，桥墩下围一群小朋友嚷着要她唱《往事只能回味》，我的心飞到断桥下倾听明明唱"忆童年时煮马请妹……"就在本子上写了妹字，写完一整行才发觉写错了，作业并没有要写这个字，擦掉再重写，本子都擦得黑黑的。

断桥听说是日据时代炸断的，留下两头的桥墩，被我们当成杀刀的基地，从这头桥墩杀到那头桥墩。经常在兵慌马乱中我还找不到明明就被心兰拍到头："阿宣你死喽！"男生比较不杀我，我虽然不聪明慢慢也发现是这样子。

不过我毕竟很少跟大伙一起玩，我总觉得自己笨，跳高到腋下就差不多跳不过去了，虽然我比大部分同龄的小孩还都高一点。而打球也是，我的球拍好像总是会漏洞。在学校我最痛恨打躲避球，有的同学传球的时候还会斜眼，好老奸。每次老师说打躲避球我就祈祷，希望被分到外圈，如果在内圈我就希望赶快死，有时候故意去踩线但是都没有人看到，长大后我才知道那种感觉名之为"煎熬"，我始终不能明白教育为什么要倡导这种暴力、使诈的运动，而当时我没想那么多，只知道能躲过体育课就尽量躲。

在我羞怯的童年里，明明是我唯一的朋友，我俩经常躺在湖边的树丛里，在安静的湖畔我敢跟明明一起大声唱"蓝蓝天空云河里，有只小白船，船上有棵桂花树，白兔在游玩，桨儿桨儿看不见，船上也没帆，飘呀飘呀，飘向西天……"一边唱我们一边和着拍子玩面对面手拍手的游戏，百玩不厌。

躲避球的启示

我怕打躲避球，然而这种恐怖的运动像影子一样从小学跟着我到高中，只要体育老师什么也不想教的时候就让我们打躲避球。而我也从一次一次的逃避未果后得到一项启示，我发现不如直接面对、快快出局以了却责任，反正要提心吊胆被打嘛，而且我是一定会被打到的，百试不爽，那么与其在其中身历煎熬不如早死早超生，也就是说干脆快快被球打到，那么我就可以在外圈纳凉不再怕被球打了。

我发觉面对躲避球的心态运用在其他方面也很有效。最主要的是我的功课，尤其上初中之后我就更加吃力了，数学开始有了 XY，历史要背年代、地理要背各地产物、国文要背文言文，英文更是天书，我几乎每天做功课都做到 12 点多才上床，但是月考成绩还是都排倒数。我在二段班，随时得担心被拉到放牛班里，初二以后我就不再担心了，因为已经被分到末段班，再差也无处可去了。而且末段班有一个好处，就是初二才进出来的物理、化学，老师只要求我们背下基本的定理，不像实验班的各个还要去补习班补理化。明明姊自然是在实验班，不过她既不补习而且每天 10 点钟就上床。就是因为功课吧？初中以后我们之间的距离就拉开了。

我上音乐课也得躲避，有一次老师要我们一个一个到讲台上唱歌，轮到我时我唱那首《一年容易又春天》，唱到"田里秧苗油绿绿"那句的时候，因为"苗"字要高上去，我的音哽在喉咙里上不去，结果那个苗字听起来就像是猫叫"喵——"的一声，我被自己楞住了，全班哄堂大笑起来，有的人趴在桌上笑，甚至还边笑边捶桌子，我跑回座位，从此之后再也没有人能把我拉到讲台上去唱一句歌，而音乐老师也不再勉强我了。我真的非常怀念小时跟明明姊躺在湖边的树丛里唱《小白船》的日子，还有那酸涩的野莓果，初三的时候我独自一人到湖边寻找过，却一颗也没有见到。而我上初三那年的暑假明明已经考上中山女中并且搬到台北的松山去了。

在学校里唯一不需要躲避的是美术课，小学三年级那年有一次美术课我用蜡笔画一座断桥被老师贴在后面的公布栏里头。那真是叫人心花怒放的事情，我每天经过公布栏时都会瞄一眼那幅画，它在公布栏的几张图画中是那么显眼，有时我怀疑好像不是我自己画的。到下一次美术课时我禁不住又去摹仿我画的那座断桥，老师走到我旁边说："你应该画别的，不要再画一样的啊！"但我没有办法，那时除了断桥之外我脑子里什么也没有。

小学时代我对美术小小的信心就那样昙花一现。但是上初中以后我的美术老师却很欣赏我，那次我们画水彩画，我从国文参考书上看到一幅风景画的素描就照着把它放大，同时又从其他书本上找到鹅的图形，照着画在小河里，并用水彩上了色，老师给了我88分，并且在下一次班上做板报的时候把我找去。

我妈更是开心，就好像终于发现原来我在课业上的挫折完全是因为要留下一块空间给美术方面的天赋，她把我的水彩画展示给明明的妈妈看，她也赞不绝口。

一个礼拜天的下午我跟明明爬到煤矿山上写生，我们只背着画架和图画纸、铅笔，没有带水彩。从煤矿山上看下去，最显眼的是一栋四四方方的工厂，我很仔细地把那栋工厂画下来。画完以后我走到明明旁边看，她的画是一幅远景，群山环抱着我们的村子，天上几处白云，而那栋工厂只是画中的一个小点。

现在回想起那幅画，就很清楚自己当年为什么每天坐在书桌前好几个钟头书却还念不好，在山上这样辽阔的视野，明明看到的是天空和大地，而我看到的只是近处那一栋四四方方的工厂，我想我在念书的时候心中也是只有一栋眼前的工厂吧。不过当时我关心的只是原来明明很会画画，我的确是有几分嫉妒，原来老天并没有给我留下什么特别的角落。

孤芳自赏

明明家搬走后，"搬家"对我而言变成一个非常美好的憧憬，如果能够搬家，我在新的老师和同学面前将具有一种神秘的色彩，他们对我必须重新评价。那时搬出眷村几乎是家家父母心中盘算的事，我爸是船员，虽然经常得在风浪里挣扎，收入却比村里的海军家庭好多了，我们那条巷子搬走两、三户以后，我爸妈的心也被鼓动了，爸一回来，就积极地到台北看房子。而我从来没有想过自己会怀念那个破烂的眷村，当时的我甚至对生活是不是比村外的人破烂也毫无概念，只觉得可以藉着搬家把没有做好的过去一笔勾销，我已在心里发誓，在新同学的面前我将是一个不轻易开口说话的人。

初三的寒假我家真的搬出眷村了。搬到永和的一栋四楼公寓的二楼，天花板上装着崭新的美术灯，连厕所旁边的墙壁上都有一个荷花形的壁灯，我做梦也没想到有一天会住到这皇宫一般的房子里来。我以前的房间只是爸妈房间隔出来的一块榻榻米，睡着我跟妹妹两个人，房间一整天都是阴暗的，我只能在客厅的窗下写字，而现在，我的房间有一扇窗，早晨阳光会晒进来，哦！我就是要这样的光线！

我真的比从前更少开口说话，但是这并没有给我带来更多的好运，虽然是转学生，但只要一次月考我在班上的位置就被定下来了，连美术老师都没有注意到我的画。

而且都已经初三下，一切确实是太晚了。要报考高中的时候我的导师建议我去考基隆女中，我实在不想再回基隆去，但是功课不好又有什么办法。

结果我连基隆女中都没考上，为此，我妈对我们的导师很不谅解，明明跟她妈来我家的时候我妈对她妈抱怨说："你看！台北那么多学校不去考，基隆就这么一间还偏偏要去跟人家挤！"我看得出来明明她妈听得有些尴尬，因为这显得中山女中反而还好考些，但是她不好意思去纠正我妈的这句外行话。

后来我念了金瓯商职,我知道我跟势必要上大学的明明已经是完全不同世界的人了。而我们的体育课还是打躲避球。有时候我在课堂上突然想起这就是我的"少女生涯"时会觉得非常悲伤,我想我突然欲哭无泪的脸孔一定把正在讲课的老师吓一跳,一个教会计的男老师就曾经以惊讶的表情瞪着我看而忘了课讲到哪里。

我从小学开始,每学期成绩单上的导师评语总是"内向"、"沉默"、"沉静"之类的字眼,到高职以后就根本被认为是孤僻了。有一个同学说我是"孤芳自赏",我心中窃窃喜欢这四个字,却还是不解,"我有什么可自赏的?""你长得漂亮啊!"这是我稍长后第一次当面听到这样的评语,以后这类似的话在我耳边就像空气的存在一样的自然,但是愈来愈多人说我骄傲,于是我变得愈来愈无法跟人敞开胸怀说话。到高二以后,甚至还有学妹跑到我们班的窗口指指点点来看我,也有人跟我要照片,我觉得很恐怖,这时候我又开始想念从小一起长大的明明姊。

龟房记事

高二以后我跟明明姊又要好起来,我告诉她同学说我"孤芳自赏"的事情,她点点头说:"对啊,其实你是很独立的。"她说她一直到现在,都高三了,"你能相信吗?我去上厕所都还要同学陪哦,还有在公交车上,要是我自己一个人我就不敢吃东西，但是如果跟同学一起，就可以又吃又叽哩呱啦的，要大声唱歌也敢哦，很奇怪是不是？我几乎做什么事都这样子，我想可能是因为我家兄弟姊妹太多的关系吧！"

这的确是很奇怪的事，不过我想想自己最常做的事情不过是发呆而已，有谁发呆还需要人陪伴的呢？

高三时我又多了一个朋友，是我爸送我的一只巴西小乌龟，自从养了它我就开始疯狂地爱上乌龟和所有跟乌龟有关的东西。

我常对着它唱歌，有时它略抬起头来，我告诉爸妈小乌龟会听我唱歌，被他们当成是天大的笑话。

明明倒不这么想，她觉得我的乌龟看起来特有灵性，"你看！它很少把头缩在壳里面，很少有这样子的乌龟，我每次看到的乌龟都是缩头缩脑的！""真的吗？"我希望它不要像我事事躲避，但我爸总是取笑我："难怪会喜欢乌龟，到哪去找跟她动作一样慢的啊！"我爸从船上退下来了，他整天老是批评我，我真希望他再回船上去！

有一天我的乌龟病了，两只眼睛肿得好大，我捧着它去水族馆，眼泪都快要掉下来。那水族馆老板一看见我就说："小美女，要买饲料吗？"我摇摇头："我的乌龟眼睛肿起来了。"他楞了一下，对我说："眼睛肿啊？那要去看眼科哟！"有几秒钟我确实相信他所说的，几乎就要转身离开时我看到他的嘴角笑起来，原来是逗我的！他给我一种药洒在鱼缸里，而我几乎可以听见他的心里在说:"这个笨女生的反应就跟那乌龟一样的慢哪!"

乌龟到底还是死了,它死的时候眼睛都有些糜烂了,我想我真是什么也做不好,连一只人人都说长寿的乌龟都会被我给养死掉!我躲在房里哭,实在不能忍受我爸的嘲笑。明明知道以后,下次来就带只玩具乌龟给我,是布做的填充娃娃,它的表情好可爱。后来她也不知哪找来那么多各式各样的乌龟,项链、戒指、耳环、文镇、烟灰缸、茶杯、风铃、相框……只要是乌龟造型的她就买来给我,一下子我的房间里充满了各式各样的乌龟,她并且帮我这小房间取个名字叫做"龟房"。我经常凝视每一只乌龟的表情、神态,看得着迷,于是我开始用碎布缝制小乌龟,做得好看的就送给明明。

明明的红楼梦

明明大学念外文系却喜欢中国古典文学,每次流连在她的房间里,对着那满架子的精装厚皮书我就头晕,我绝不会有耐心读完那么大一本书,更何况还有些是文言文,而明明说她最喜欢《红楼梦》,自己都数不清读几遍了。

有一次明明去洗澡,我在她房里坐得无聊,我已经17岁了,再也不可能像小时候那样跟明明一起洗澡。记得我们最后一次一起洗澡是我初二的时候,那时候明明的胸部已经开始微微隆起,而我什么都没有,她觉得很不好意思，我们以前一起洗澡时都要洗一个钟头以上，在水缸旁边玩选美的游戏，两个人假装走伸展台走来走去，或是学歌星的手势唱"江水东流一去就不回头……"明明她妈会敲敲浴室的门说："你们怎么老唱靡靡之音啊！"但那一次明明很不自在，我们洗不到十分钟就出来，以后谁也不好意思说要一起洗了。

我随手从她的书架上拿那本她最心爱的《红楼梦》下来，随便翻一翻，发觉书里的许多地方都被铅笔涂得黑黑的，拿在灯光下仔细看可以看出涂掉的地方不是"袭人"就是"宝钗"，真是奇怪了，好好的书涂成这样干嘛？明明出来以后我就问她，她有些赧然说："小时候涂的啦，那时候实在讨厌这两个虚伪的女人，只要一看见她们的名字就涂掉，一直要再去买一本新的又始终没买。"

"她们也不过是书里的人啊，又不是真的！"

"就是啊，不过好小说让你觉得就像真有其人，唉小时候啦，现在我不会去涂了。"

我问她："可是现在你还讨厌她们吗？"她说："比较能谅解，但是'喜欢'这种事情实在是很直觉的啊，没办法，我还是不喜欢袭人跟薛宝钗。"

我向明明借书回去，下定决心好好读一读这本《红楼梦》，但我始终还是没把它看完，大约看三分之一以后我就开始跳着看，一路跳到结局。每每读到被涂掉的地方就觉得触目惊心，林黛玉固然可爱，但是薛宝钗也不错啊，明明的爱恨未免太强烈了。但我又想，我是不是就是因为没有强烈的感情所以对什么事情都不热衷，所以才缺乏毅力、一事无成呢？

我想到明明已经开始有人追了，我们的世界真是愈来愈遥远了。

薛西弗斯的巨石

明明约我去教会，我不知道她几时开始信教的，她笑起来："没有啦，那个李祖光啊，找我去的嘛！"

"那我去干嘛？"

"一起去玩玩嘛！"

那个追她的李祖光是教会的司琴，弹琴的时候他的眼睛热烈盯着明明看就像电影上男主角对女主角所做的一般，我觉得很兴奋。

走出教会时，李祖光跟一个黑黑壮壮的男生一道走过来，他向我们介绍："他我同学，华远志。"他们都是跟明明同校政大社会系的，明明也向他们介绍了我，当她说到我念金瓯商职时我真希望附近有一个洞可以钻进去，明明还补了一句："阿宣很漂亮哦！"那两个男生却摆出一副不置可否的样子。

然后我们去了李祖光家，他家没半个人在。他拿出吉他来，说想要组一个 Band，邀明明一起。我们几乎把一整本校园民歌的歌本唱完，后来李祖光弹了一首我跟明明都没听过的歌，他说是华远志做的词，他谱的曲，我们立刻很感兴趣地要他们再唱一遍。说真的，从头到尾唱些什么我真的一句也没听懂,只是一直重复听到一个句子:"啊!薛西弗斯的巨石!"我忍不住问道:"什么是薛西弗斯的巨石?"

我想他们一定对我的无知感到不耐烦吧。明明马上对我解释了薛西弗斯是希腊神话里面的人物,他因为太骄傲,以为自己就是神,要跟宙斯比赛,后来遭受不幸的惩罚,"不一定,还有另一种说法——"华远志插进来,而明明不理他,"总之,重点是他被罚必须不断地把一块巨石从山下推到山顶上,而每当巨石抵达山顶时,马上就会滚下来……"

离开李祖光家之后我不停地咀嚼那个很有意思的神话,那个华远志为什么要一直慨叹"啊!薛西弗斯的巨石!"?是不是他感到自己也是被诅咒的呢?我想我如果知道把岩石推上山的结果是它还是要掉下来,我一定不会去推那个石头,但是如果是不得不推,如果人的意志是不自由的呢?他是不是这个意思?还是他对人生就是那么悲观,觉得自己不论做什么,结果都会像薛西弗斯的巨石一般又滚落下来?

睡前我仍旧想着这个神话,忍不住就拨了今天刚记在本子里的电话号码,"我找华远志。"

他很像愣住了,没料到我会打电话给他。我对他解释,我很想知道他为什么要写关于薛西弗斯的巨石那首歌。

但是他没有回答我的问题,他说我是个傻女孩,"怎么会想到要打这个电话呢?"他说你知不知道爱情这种东西是非常虚无的,我说:"啊?什么?"他说:"你有没有想过呢?譬如说,我讲得直接一点吧,当一个男人跟一个女人做爱的时候,如果他闭上眼睛、或者是在黑夜里,对方是谁、长什么样子、爱不爱她,对他而言有任何区别吗?其实是没有分别的……"我真的不知道他在讲什么!这跟薛西弗斯的巨石有什么关系呢?我只知道他的话让我脸红、无地自容,但我甚至不敢立刻挂掉电话,我脑袋乱哄哄的,直到他说:"好好睡一觉吧,不要胡思乱想。"我才放下话筒。

玫瑰的笑魇

从此我没有再跟他们三人同行,只陆陆续续听到他们组 Band 的事。

有一次明明问我:"你跟华远志到底怎么回事?"我不知该如何说起,红着脸把那通电话的事跟明明说了,明明笑得腰都直不起来,"唉!"她说:"那些小人之心哪!"我问她什么意思,她说:"华远志喜欢你!"

"讨厌我吧!"我几乎有点生气。

"嗳,你不知道。"她说:"他是把他自己的感觉投射在你的身上……"明明讲了一堆,突然又爆笑出来,弄得我也跟着笑,但是对于她的分析我根本一头雾水,我只觉得有那么点开心,如果华远志真的像她所说是喜欢我而不是侮辱我的话……或者,我又想到有没有一种人就是因为喜欢某人所以要侮辱对方的呢?

"他怎么可能喜欢我！"我说。

"因为你可爱呀！"明明暧昧地说。

明明邀我去他们学校看民歌比赛，她跟李祖光几个人组的 Band 也报名了，我犹豫了很久，因为一去就得见到华远志，但我是真的很想分享明明的荣耀，尤其他们将唱的其中一首歌是明明作的词。

我去了，发觉要跟华远志打招呼是相当困难的一件事，我躲在明明身后避免跟他的目光接触。他们在教室里练发声，明明唱高音，她手按着腹部发出"哈！哈！"的声音，连续发好几声，大家都对她的发声方式觉得好笑，李祖光还故意把窗户打开来对着根本没人的走廊说："没事！没事！"

明明写的那首歌叫做《玫瑰的笑靥》，一开始是她的 solo："时间的漩涡中流去多少记忆，却辗不去一朵——玫瑰如你。"我在台下看着她，感觉她真的就像一朵玫瑰，她的脸比小时候更见清丽，虽然有点儿微胖，却是充满了生命力，她的清汤式长发在歌唱中微微晃动着，一段合唱之后，又是明明的 solo："当梦成空行，色彩中不再有你，玫瑰的笑靥，孤零零的四周……"她唱得很悲伤，曲终时她勉强的笑一下，如歌曲中那朵玫瑰的笑靥。

接着是李祖光和华远志主唱那首我已听过的"薛西弗斯的巨石"，当他们大声呐喊的时候我有点儿想要笑出来，但我发觉华远志的眼光好像看着我时就克制自己装着面无表情。

我就这样面无表情面对他直到大伙分手回家。明明他们得了第二名，宣布名次的时候明明的手跟李祖光握得紧紧的。

满天蝴蝶结

这段时间里，明明跟李祖光一个作词一个作曲合作了许多歌，我最喜欢的是一首半押韵的"满天蝴蝶结"：

夜雾在猎户星座的腰上结个松松的蝴蝶
到日头出来了才肯飞
高速公路为台湾打一个大蝴蝶结
穗穗就从佳洛水飘进巴士海峡里边……

我想明明是真的恋爱了，才会写出这么可爱的歌词来。恋爱真可以把凡人变成天使，然而我的爱情却在哪里呢？

明明的恋爱情事似乎骚动了我的心，以前跟她在一起，我只觉得她对我而言是一股提升的力量，使我尽可能免堕于庸俗，跟她愈接近，我愈感觉同班同学的琐碎教人厌烦，可是她的恋爱却把我抛到更空旷的高原里，只有风和草浪，怎么叫喊也没有回音。

铺展在我 17 岁的路途上的，只有孤独而已，我坐在我的龟房里，看着明明送给我的每一张乌龟的脸，我拿出纸来画我死去的唯一一只有生命的乌龟，它微抬起头听我细声的歌唱，明明说它是一只奇特的乌龟，从不退缩，虽然它拥有一个安全的甲壳。

圣诞卡

我原想要按着脉络回忆自己的过去，到这里却还是被我自己打断了。我一再提到明明，可能是我一直在乎关于信心的问题，而明明给人的印象从来就是自信的，即使她说过没有人陪伴的时候就不敢在公交车上吃东西，我觉得那仍可以解释为一种怕羞、喜欢朋友、合群之类的因素。

但是不记得哪一年，总之我们长大之后，有一天我对明明说："真羡慕你的自信，我要是有你一半的信心就够了！"明明却这样回答我："自信？你知道我小学的时候，三年级吧，有一次学校来了一批伞兵，不知道为什么在我们学校停留半个月左右，好像是晚上住在我们的教室里吧，我也不记得了。下课的时候，那些大哥哥就陪我们玩、聊天，他们走的时候还记了我们的地址。"

"后来，那年的圣诞节我接到其中一个大哥哥的圣诞卡，祝我圣诞快乐，但是最后还附带 P. S.：请代我向你们的班长问好，我没有她的地址只好请你代劳。"

我没有听懂，不知道这跟自信有什么关系，明明姊说："那封卡片让我从小学三年级那小小的年纪，看人就变得比较犀利，那个阿兵哥根本无意写卡片给我，他目的是要写给我们的班长，只是没有她的地址而已。"

噢！这样子想不是太严厉了吗？"你喜欢那个阿兵哥吗？"

"小孩子的那种喜欢啊，我想我小时候一定很丑吧，我没有什么自信，所以只好努力一点吧！"她说着笑起来，"唉！其实喔，我那时候还耿耿于怀的是他写卡片来的时候，我们班班长已经换成我啦！很好笑是不是？"

"我也记得你总是当班长的呀！"

原来明明姊也不是那么自信，她的这番话让我好过一点。因为我的生活是那么地教人灰心，我的学业、我的工作、我的未来……我连打一个电话给男生都会变成笑话！

卡通画片

我的第一份工作是在重庆南路一家卡通工作室，拥塞、零乱的空间，永远弥漫着发酸的甜辣酱或是隔夜的水饺味儿。

月薪是一万一千元，当我爸、我妈、明明，每一个人听到这个数字的时候，第一个反应都是："什么呀！这简直是剥削嘛！"更何况我几乎每天加班，有时还熬一整个通宵，大约每半个月就要熬一次，却没有一块钱的加班费。我妈成天在我耳边说："不要做了啦，哪有人像你做得这么可怜的！"而我爸老是摇摇头："傻就是傻！那些公司就是喜欢骗你这种傻瓜！"连明明也很怀疑的问过我："你在那里真的学得到东西吗？"

我点点头，她还是不以为然，"他们只是让你着色，你要是真的对美术有兴趣，有很多美术教室可以参加，也有专门训练美工人才的讲习班……"我不想听，我知道我可以花钱去学，但是我害怕，我觉得如果真拿父母的钱去学，结果也只是白缴报名费而已，我就是不开窍！但是在卡通工作室着色我是真的做得很有趣。着色会有什么乐趣呢？又不是自己的创作！我知道他们一定是这么想，但那是对于有天分的人而言，像我，要怎么样找一个跟美术有关、而又不会有人考你创意的工作呢？他们怪公司天天要我加班，我却很难解释，其实是我自己要加的，因为我画得比别人慢，没办法啊，我就是画不快，但是我涂得很细密，我只是想把工作做好而已。

那些画片每一张是一个停格的画面，要连在一起之后才有了生命。有时候我画完几张，自己把它们在眼前快速晃过去，就能感觉到里面的人物、动物真的活了起来，他们怎么能断定我就一定没有成就感呢？

我想，我在别人眼中，我的缓慢，我常常的无表情，也就像那一张张停格的画片吧？

有一天我画累了，拿其中几张大头狗画片在我桌上快速舞动，恰好我们老板走过去，他停下来对我笑一笑，我赶忙把画片叠起来，再画下一张的时候，却觉得手会抖。

这一切大约都看在他的眼里吧，在我进公司八个月之后，老板请我出去吃晚饭。那天只剩下我一个人加班赶稿，他下班时间快到的时候才进来，7点半左右从他的办公室出来，叫我不要画了，出去吃个晚饭吧。

我听他的话收拾东西，他问我想吃什么我摇摇头，他说："你很不喜欢说话哦？"我还是摇头，他终于笑起来，"摇头的意思是不喜欢讲话、还是没有不喜欢讲话？"我被逗得笑出来，眼睛紧紧看着自己的鞋子，我穿一双白色中高跟凉鞋，老板的影子跟我的影子并排几乎是一般高。

他带我去一家粤菜馆，我有点食不知味，好像还常常夹菜都夹不起来吧，好不容易挨到吃完了他送我回家，我下车的时候他走下来帮我开车门，并且在我的肩头轻轻拢一下。

那晚，他从办公室走出来邀我吃饭、站在马路口不知何去何从时看着我说你是不是很不喜欢说话、为我开车门、轻触我的肩头……这一连串动作，就像卡通画片一样，被我分割成好几个画面，在我的脑海中重复放映，有时快、有时慢。

荷花·断桥

我们的老板已经快40岁了，大我不只一倍，而且他的头发有一点花白，但是又蛮有艺术气质，一头乱蓬蓬的头发，看到他的人都能猜出他是搞艺术的。他是师大美术系毕业的，他说教了几年书，实在受不了，"就出来了。"经营这个工作室之外，他并没有放弃画画，也开过好几次画展了。

他有太太、有小孩、有事业,任何人如果知道他来逗引我,一定会说这个人居心不良,我自己也常这么想,我却没有勇气拒绝他。应该说我对他的感情是带着一点害怕的成分,这种害怕的情绪使我顺从他。

我顺从于命运的摆布。第一次跟他"在一起"是那次吃晚饭之后的星期六中午,下班离开公司在电梯碰到他,走出电梯时他顺势揽着我的肩出来,我的肩膀抖了一下,他看我一眼,示意我跟他一块儿走,而我竟然真的就跟随他。

我们走到了新公园,他在荷花池边坐下来,拍拍他身旁的椅子,"坐!"我便坐在他身边。他说念高中的时候常常在这里写生,"画荷花大概是很多追求艺术的少年必经的过程吧!"他问我以前特别喜欢画过什么没有?我顺口说:"断桥。"他很惊异,"为什么是断桥?"我没有回答,不愿意说只是刚好住家附近有一座断桥。

他握住我的手说:"奇怪的女孩子!"四下都没有人,他对着我的脸,开始吸吮我的嘴唇。我不能相信这是我的初吻,猛地推开他,他轻轻拍我的背说:"对不起。"不久之后,他又亲我,这一次我没有推开他,只是很紧张地注意有没有人经过,听到一阵窸窣声我立刻把背挺直,原来是一只癞皮狗,摇摇晃晃地走过去。我盯住池里一朵比其他花苞都早开的荷花,听任他把我搂在怀中,我只看着那朵荷花,清新、硕大,花瓣被午后的阳光照得透明。一群建中的学生背着书包走过去,有人看了我们一眼又若无其事把眼光转开,我想到19岁的自己很可能只比他们大一两岁而已,眼光便追随着他们的书包,然后我的脑子里忽然出现童年的那座断桥,两座对立、腐朽的桥墩,桥边长满白花如雪的芒草。

"阿宣、阿宣……"他反反复复念着我的名字,念得连我都对自己的名字生分起来,他又低声说:"叫我的名字。"他的名字樊、孟、南三个字在我的脑袋里游过去,但我无论如何叫不出口,我只能喊他:"樊先生。"公司里的人都这么叫他。我几乎是拜托着说:"我想回家了。"

早开的花

不知道在哪里听过,说女人分成两种,一种是早开的花,在十七八岁青春激激时艳放,但是很快就枯谢了;而另一种是晚开的花,20岁前尚不起眼,经过年事增长却愈见美丽,到30岁上才大放光采,40岁以后更见风韵。我担心自己就是属于那种早开的花。

我常躺在床上想我跟樊先生之间的事。有好几次听从他的暗示我在下班之后留下来,同事都走光之后他把我带到他的办公室。他很温柔地拨弄我的长发,看我、抱我、亲我,"你怎么会这么美呢?"他总是好像很不可思议地这么说。

我没有办法厘清自己对樊先生的感情,每当他走到我的身后我就好紧张,好像连血管都要迸破了,这种感觉是对其他男同事所没有的。但是每当我们真的在一起,他抱紧我、亲吻我时,那种感觉就跑远了,有时他更进一步要抚摸我,甚或要求我抚摸他时我会觉得厌恶,只想要逃离,只求快快结束。于是我们的相处变成一种重复的游戏,他找我,我紧张、欣喜,一但在一起了,我又开始挣扎、拒绝,直到他筋疲力尽拗不过我只好放我走为止。

他在人群中时我总能欣赏着他,我喜欢他蓬乱的头发,喜欢他说话时的自信(尽管并不懂得他的画到底是在什么程度),然而就近面对面时我发觉自己并不喜欢看他,至少面对着他的脸并不会使我兴奋,而他兴奋时扭曲的脸孔更使我恐惧、变得只想逃跑。

我们之间的情况就这样周而复始。不健康!我经常这么对自己说。而如果我就是那种早开的花,难道这就是我所能拥有的爱情?我感觉深深地被刺伤了。

良心·海芋

"他的良心很纯洁,因为从来没有用过。"

这是明明讽刺人的时候最喜欢用的句子,或者明明会用疑问语气词问对方:"你的良心很纯洁吗?"

19岁那年的圣诞前,我遇到一个对我使用了他的良心的男人。

我的同事小周在星期天把我骗到公司加班,在我发现门锁着进不去时她跟一个男生一起出现,然后把我拖去喝果汁,她指着那个男的说:"他我哥啦!我无意间说到我们公司有一个女的很漂亮,他就拜托我制造机会,对不起啦!"但是第二天小周却又向我坦白:"嗳,我哥正在失恋之中,你不会介意吧?"

第一次见面,果汁喝完我就走了。反而是听到小周说他"正在失恋",第二次他约我我很感兴趣地赴约了。他是台大化学系的学生,我们在他们学校的草地上坐下来,他问我:"你是学美工的?"我答非所问地说:"失恋是什么滋味?"这时候我看着他的脸,发觉他很好看,我很喜欢看着他说话,或听他说话。

他好像不太懂我在问什么,我又说一遍,他却很茫然的样子:"我不知道失恋是什么滋味,不过以前学小提琴的时候丢掉过一把琴,我知道失去提琴的滋味。"我咀嚼"我知道失去提琴的滋味"几个字,感觉像吃一种从来没吃过的东西。

他说起一些学校的事情,我发现他对于时间的描述是"秋天的时候,那里的样子……"我嘴里重复"秋天的时候"几个字,他问我干嘛?我说:"你讲话都是这样的吗?失去提琴的滋味、秋天的时候。"他有点莫名其妙的样子,我们两个都变得很沉默。

我以为小周她哥不会再约我了,一个礼拜以后他又找我去爬山,我想我正陷入幸福之中吧。山上有些地方路不好走,他会伸出手来牵我,我觉得自己的手瞬间都僵冷了。后来一个老太太溯溪上来,肩上担着满箩筐的海芋问我们要不要买,他站起来买了一把,然后递给我

123

说:"你抱着海芋比较漂亮,我拿着花蛮奇怪的。"我倒不这么觉得,海芋,这种纯白色带点诗意的花跟小提琴、秋天这一类字眼不是很相衬吗?但我还是喜滋滋地接过来。

不记得我们一共约会了多少次,其间我问过小周,"你不是说你哥失恋了吗?为什么他不承认?""喔,这样吗?"她想一想:"可能是定义不一样吧,大概他觉得追一个女的追不到还不算失恋,要已经在一起了分手才叫做失恋,你觉得是不是?"我点点头:"应该是吧!""我哥很喜欢你哟!"

最后一次见面是平安夜,他请我吃耶诞大餐。吃完牛排他要我陪他去学校的实验室,"看一下我正在做的实验就好了。"我心里猜测着他是不是故意的,跟在他身后走入阒黑的实验室,而那里确实有一个实验等着他。

我就坐在他的身边,四周没有半个人影,我们听得见彼此的呼吸,街上的车声繁华离我们很远。我想我们俩都想着同一件事吧,我有时瞄他一眼,有时看着自己胸前的圣母项链,大部分时间眼光是毫无意识的放在他不知浸着什么的试杯杯缘。我真的听见他重浊的喘息,我在心里呐喊:"看看我、亲亲我吧!我是你的,我愿意!"当我不知在心里央求他多少遍之后,他颓然叹口气站起来。他走出实验室,我一路跟着他。

后来我们到湖边,有很多学生各自围一个小圈圈,游戏、唱歌、聊天。我们在人群中却不属于任何一个圈圈。我明白他是故意走到人多的地方来，我知道了，他不要我做他的女朋友。

他终于说话，他说认识我之后挣扎了很久，不愿意伤害我。

我明白，我想他认为如果他对我做了什么就要对我"负责"了。

"你真的很可爱，我们是好朋友。"我老记得他说的这句话，但是之后我们就互不联络了。我很难过，但是没有勇气再主动找他。

变形的脸

在我跟小周她哥交往的过程中，我和樊先生的关系仍旧像先前一样，他不时找机会跟我独处，我依然既顺从，又不顺从他。

圣诞节过后，那一天在他的办公室里，他亲吻我时我给予了他前所未有的热烈回应，连我自己都惊讶，但是当他兴奋起来，我又看见他眉头皱得紧紧的、两眼变得无神、嘴和脸上的皱褶严重地扭曲变形，那嘴喃喃地说："让我进去！让我进去！"

我慌张地摇头，觉得他提出的是极端可耻的建议，他从喉头里囵囵地说："让我射在你里面，我才能感觉你是我的。"

"不要——"我怯怯地说，他又重新抱住我："那你亲我，亲我那边。"我不要、我不要，我不停地摇头，摇到眼泪哗啦啦落下来他才停止，他的脸孔又变得正常、有智慧，像一个艺术家。

　　为什么是这样呢？那夜躺在棉被里我想起自己的遭遇，我痛恨他变形的脸，更痛恨自己为什么不能一开始就拒绝他、为什么至少认识了周以后不拒绝他？而我更伤心的是周为什么不喜欢我？一定是因为我太笨、太无知、太言语乏味吧，我想他喜欢的一定是像明明那样的女孩子，聪明、活泼、有才气，随时随地侃侃而谈，而我呢，连问个问题都怕再闹笑话，像华远志，他一定到现在还在心里笑话我吧！

　　如果有一天，我再遇到一个像周那样的男孩，而他也喜欢我，那么他要做什么我一定都答应他。我到底为什么喜欢周呢？我努力回想其实我跟他在一起的时候不像樊先生站在我身后时那样令我惊惶失措，反而让我安心，我也喜欢他说话的语气"我知道失去提琴的滋味……"，他看东西的时候好像都很认真、很专注，那次我们在山里坐下来，他望着溪流，就好像溪里面有一个拼图让他拼似的，望了好久好久，而我看着他微侧的脸，我真的很喜欢看他的脸。

　　我又想起那天在实验室里，我俩都压抑着彼此的呼吸，但是我的回忆毕竟脱离了现实，我幻想他吻了我，差一点撞倒那些试杯。他捧着我的脸很轻、很温柔地把他的嘴唇碰到我，他一边梳理着我微卷的长发，慢慢把我拥在他的怀中，然后我感觉到他的身体，他某一个变硬的部位和我的身体轻轻摩擦，我的大腿开始不能克制地用力，跟我的腹部以反方向的作用力一起向我的私处挤压，啊，我的小腹不听使唤地用力、用力，一种无以名之的快意淹没了我。我侧头看到忘了合上门的衣柜里边的大镜子，我的脸泛红却好像在求救哀号一般的表情，那使我想起樊先生那张痛苦扭曲变形的脸孔，天啊，我霍地坐起来，感觉到自己两腿之间的潮湿、无力，我把枕头放在膝盖上趴着痛哭，小时候我就是经常这样子哭。

哭

你会不会有时候，没有什么原因，就是忽然很想哭很想哭呢？我记得初中的时候，有一次明明姊到我房间来，我正坐在床上，两手撑着膝盖上的枕头掉眼泪，明明问我怎么了？我说我也不知道，就是忽然很想哭。

"我有时候也会无缘无故想哭。"明明点点头说。

"哭了以后呢？你会想什么吗？"

她摇摇头，"哭就像大自然要下雨一样，下一下自己就会停了，停了又会想笑，笑自己神经病，反正哭就哭了嘛，也不会怎么样。"

那天我大哭一场之后第二天就向樊先生提出辞呈，当然他百般慰留我，并且向我道歉。我真怨恨自己的软弱，回想起来，我就忍不住敲自己的脑袋，如果我当时显得绝决、不可挽回，不是能给人留下更多怀念的空间吗？而我居然留下来了！

再次面对他扭曲的脸孔，被他百般的哄劝、索求，在一种心灵极度的疲惫下，我把自己给了他。第二天，我就离开卡通工作室了。

我这才陡然发现，我是真的不爱他。连对于爱情我的感觉都是迟钝的，我不知道自己这一生还能做什么。

奇妙的是，离开卡通工作室之后，我开始遇到无数追求我的男人。

这位妹妹我见过的

明明到大四的时候都还跟李祖光在一起，算算已经三年多了。有一晚我睡在明明家，我俩通宵说着话，我问明明："为什么你对感情能这么笃定呢？"明明的眼睛一亮，我又接着问："难道你从来就没想过会有别的可能？"

她摇摇头说："我是真的爱他呀！"

我说："有时候我也觉得自己是喜欢着某人的，但是又总觉得好像另有一个我真正喜欢的人在某个地方……总是可以不停地比较，没完没了啊！"

明明说："如果是真爱，就是绝对的，就不能比较了。"明明说这话的时候，不会想到，再过不久，她大学毕业以后，将会遇到一个让她告别初恋，整个世界颠颠倒倒的颓废男人。明明不会想到，一年后，她将哭着问我：为什么爱过的会不爱了？她对李祖光，那个男人对她……而我,哑口无言。

至少明明总是知道自己爱或不爱,我面对身旁等我下班、约我去唱KTV、买玫瑰花给我的男生,总是常常忽然觉得陌生。我想要遇见一个像贾宝玉那样会说"这位妹妹我见过的"这样的男生,然而无论我跟对方喝着咖啡,逛着诚品,走在敦南林荫大道上,甚至手牵着手,都会没来由地一阵烦躁:这个人是谁?我为什么要跟他在一起呢?我真的要跟他在一起吗?

我从此觉得黯淡了

我不想把后来经历过的情事一桩桩写下来,那好像是在开恋爱铺子,贩售自己其实并不怎么美丽的爱情,何况那通常是一些被追逐的过程,究竟算不算恋爱也很难定义。

有一段时间我的确困惑,不论到哪里工作、跟哪一群朋友出游,总会有人跑来追求我,他们并不了解我啊。我有种流浪的感觉,但我衷心感谢他们,让我感到一点点的自信,那几乎是我所有的自信了。

有一天,有一个男人对我说,女人的美总是不经意的,当一个女人自觉到美丽时,她的美也就消失了。说这话的人,前一分钟还赞美着我的身体,我和他做完爱,我要求到浴室冲个澡,他要我把门打开,他蹲着,仰望着我的身体说:"你真的很美!"

我仿佛咬住一颗毒苹果,感到一种可怕的魔力,把我，从一张色彩鲜亮的照片突然变得泛黄……

我从此觉得黯淡了。

这本手札在这里忽焉结束，我读着，好像一个失去记忆的人读自己的追忆录，又好奇，又觉得似曾相识，这位阿宣到底怎么样了呢？

阿宣消隐在台北这个繁华的城市里。

我拿着这个本子，去影印了十二份，照样加上封面，但在作者处加上了"台北女人"几个字。然后，我又做了一件不曾做过的怪事，我把这些小册子带到重庆南路金石堂、忠孝东路金石堂，带到敦南诚品、天母诚品，带到昆阳站出口的新学友、信义路何嘉仁书店，带到复兴北路口的三民书局，带到93巷人文空间，带到罗斯福路三段唐山书店、台大诚品，带到师大路水平书局、牯岭街松林书店，悄悄把这一本薄薄的小册子放进角落书架里，就像不知何年何月阿宣所做的一般，也许这是我的使命。

我走出这些书店，目光拂过的每一位近中年的女性时，都觉得那是阿宣。她在这个城市里，这个奇异的，什么都可能存在的台北，也许今生就黯淡了，而更可能像许许多多的台北女人一样，在一番生活淬炼之后，重新活了过来，明亮耀眼，好像永远都不会老。

图书在版编目（CIP）数据

台北卡农 / 宇文正著. -- 南京：江苏人民出版社，2017.3
 ISBN 978-7-214-20505-6

Ⅰ.①台… Ⅱ.①宇… Ⅲ.①散文集-中国-当代 Ⅳ.①I267

中国版本图书馆 CIP 数据核字（2017）第 047341 号

书　　名	台北卡农
著　　者	宇文正
责任编辑	周晓阳
出版发行	凤凰出版传媒股份有限公司
	江苏人民出版社
出版社地址	南京市湖南路 1 号 A 楼，邮编：210009
出版社网址	http://www.jspph.com
经　　销	凤凰出版传媒股份有限公司
照　　排	江苏凤凰制版有限公司
印　　刷	江苏凤凰新华印务有限公司
开　　本	652 毫米×960 毫米　1/16
印　　张	8.75　插页 2
字　　数	100 千字
版　　次	2017 年 7 月第 1 版　2017 年 7 月第 1 次印刷
标准书号	ISBN 978-7-214-20505-6
定　　价	42.00 元

（江苏人民出版社图书凡印装错误可向承印厂调换）